Peter Weiss
Das Duell

Aus dem
Schwedischen
von J. C. Görsch
in Zusammenarbeit
mit dem Autor

Suhrkamp

Die Federzeichnungen hat Peter Weiss
für den schwedischen Privatdruck 1953 angefertigt.

suhrkamp taschenbuch 41
Erste Auflage 1972

Suhrkamp Taschenbuch Verlag

Druck: Nomos Verlagsgesellschaft, Baden-Baden
Printed in Germany
Umschlag nach Entwürfen von
Willy Fleckhaus und Rolf Staudt

7 8 9 10 11 12 – 97 96 95 94 93 92

Das Duell

Vorbemerkung

Dieses Buch schrieb ich 1951, auf schwedisch. Da sich damals kein Verlag dafür finden ließ, gab ich es 1953 selbst heraus, bei der Druckerei Björkman, Stockholm, in einer Auflage von 500 Exemplaren. Auch mein voriges Buch, *Dokument I*, hatte ich 1949 im eigenen Verlag publiziert, in 350 Exemplaren, es war eine Übersetzung meines ersten größeren deutschsprachigen Textes *Der Vogelfreie*, den deutsche Verleger, darunter auch Peter Suhrkamp, abgelehnt hatten.

Nach meinen beiden schwedischen Büchern *Från ö till ö* (1947) und *De besegrade* (1948) fand meine Produktion ein Jahrzehnt lang kein Interesse von seiten der Verlage, und nach dem *Schatten des Körpers des Kutschers* und der *Versicherung*, beide 1952 geschrieben, beschäftigte ich mich vor allem mit der Herstellung von Bildern und Filmen.

Duellen, das jetzt, 20 Jahre nach seinem Entstehen, in deutscher Übersetzung erscheint, ist ein Resultat der Isoliertheit, von der meine Tätigkeit während der Emigrationsjahre geprägt war.

Mai 1972 *Peter Weiss*

Der gefrorene Park. Lea in einem Schneemantel, glitzernd in einer Woge aus weißen Blüten, die von den kahlen schwarzen Bäumen herabschneiten. Strahlenkränze zwischen den Zweigen und den vereinzelten Laternen, Eisblumen streckten sich aus dem Teich und tasteten nach ihren eilenden Füßen. Und die Schwäne, die ausgespannten, schlagenden Flügel, die Schwäne, mit klatschenden breiten Gummifüßen, emporgestreckten Hälsen und aufgesperrten Schnäbeln aus dem Eisloch steigend. Die weißen Vögel kamen auf sie zu, sie wich zurück. Am Wegrand ein toter junger Schwan, ihr Fuß stieß an die steifen Federn, rückwärts, gleitend rutschend, erstieg sie den Hügel, die Schwäne waren bei dem toten Vogel zurückgeblieben, Kristallsträucher sprühten Perlen über sie, es war, als fiele sie, als fiele sie aufwärts, in ihrem Mantel aus warmem wolligem Schnee.

Die Schatten der Zweige spielten auf den schwarzen Fensterscheiben des großen Gebäudes über ihr. Im Zimmer hoch oben, zu dem sie auf dem Weg war, lebten die Strahlen der Eisprismen, malten flimmernde Bilder auf die vielwinkligen Wände, gaben den undeutbaren maschinenähnlichen Gegenständen eine wassergleiche funkelnde Struktur, durchleuchteten und marmorierten die dicken Röhren und die Vertiefungen in den Mauern, der Decke.

Während sie rückwärts zum Tor ging, ein niedriges Kupfertor, von harten Stößen zerbeult, während sie sah, wie die Schwäne verschwanden, eine Klage anhebend, zwischen Wolken aus Schneeblüten, beschäftigte sich der Bewohner des Zimmers mit Lichtuntersuchungen, bewegte sich mit einer blanken Porzellanscheibe durch das

Dunkel und studierte das Wesen der einfallenden Strahlen, von der reflektierenden Platte las er eine Schrift aus Lichtzeichen ab, auf einem Röntgenschirm gewann er Einblick in einen Organismus aus Luft und Wasser, mit feingesponnenen Nervenfäden und Adern.
Sie drückte mit dem Rücken das Tor auf und trat in den Gang, der zu den ausgeräumten öden Fabriksälen führte. Der zersprungene Fußboden war übersät mit leeren Blechbüchsen und Zisternen, die im Windzug tönten und rasselten, gestürzte Zementsockel, zerbrochene Walzen versperrten den Weg. Ihre Schuhe mit den hohen Absätzen klapperten über die mit Fossilien, Kometenfunken und Muschelschalen gemusterten Treppenstufen, wie ein Flamingo, mit hohen grotesken Schritten, ging sie durch Schutt aus Metall und Glasscherben.
An der Plankentür des Zimmers rief sie seinen Namen, von fern hörte sie ihn antworten. Hohe Holzstapel lagen in dem engen Hohlweg, der sich zu der zerbröckelnden Höhle öffnete, wo Gregor lebte. Sie sah das Feuer im Schmelzofen und die Reflexe auf den Schaffellen des Schlaflagers, sie ekelte sich bei dem Gedanken an die rauhen Felle, das Gefühl der Übelkeit setzte sich fort beim Eintreten in diesen undeutlichen schlammigen Raum, dessen Grenzen im Dunkel verschwanden.
Der Hund schlich über den Zementboden. Das große graue Tier näherte sich ihr mit phosphoreszierenden Augen, drückte sich an sie, Gregor, der hinter einem Eisengestell auftauchte, bemerkte die liebkosende Intimität zwischen ihr und dem Hund, beide standen unbeweglich, der Kopf des Hundes gegen ihren Schoß gedrückt, ihre Hände geöffnet, an den Hund gelegt.

Gregor war in einen Anzug aus Leder gekleidet, in hohen Gummistiefeln, Kleider aus den zurückgelassenen Schränken in den Kellern, dort hatte er auch einen Schweißerhelm und große Stulpenhandschuhe gefunden, so eingekleidet pflegte er am Hobeltisch zu sitzen, unterhalb des Fensters, gegen die Kälte und den Lärm der nahegelegenen Spenglerwerkstätten und Werftanlagen geschützt.
Sie hörte seine Hosenbeine aneinander schaben, die Ärmel knirschten gegen die blanke Jacke. Wie ein Taucher stampfte er aus der tintigen Gestaltlosigkeit des Zimmers hervor. Der Hund wandte den Kopf hin und her zwischen ihr und ihm, als wollte er sie zusammenweben. Der harte Raum weckte in ihr plötzliche Verzweiflung. Geruch von Holz, herber Geruch der Felle, Geruch von Steinstaub, von feuchtem Schimmel. Geruch von Tod und Fäulnis. Ein Weinkrampf überkam sie, sie warf sich in die feindlichen Felle. Gregor konnte sich nicht über sie beugen, die Rüstung hielt ihn aufrecht. Als grimmige Statue stand er neben ihr, seine Hände strichen über ihr Haar, der Hund lag vor ihnen und bewachte sie mit seinen Augen.
Aus dem Schluchzen stürzten Worte, die unklare Gedanken zu artikulieren versuchten. Sie war schwanger. Was in ihr wuchs, war ein Geschwür, es durfte nicht zum Menschen werden, jetzt, da sie den Eindringling sah, dessen Gesicht sie kaum kannte, wußte sie, daß das Ungeborene fortgeschnitten werden mußte. Es war entstanden ohne ihren Willen, in einer Blindheit, in einer Verdammung. Vordem hatte sie geboren: einen röchelnden Organismus um eine große Krebsschwulst. Sie sah das Neugeborene auf dem Operationstisch, sah

die weggeschnittenen Gewebe im Blutwasser der Zinnschale. Es war, als hätte das Kind einen Teil ihrer eigenen Krankheit getragen, es war etwas Böses, etwas Zerstörerisches in ihr, das unzugänglich in ihr wucherte. Das Kind lebte, es wurde zu einer lebenden Bürde, die wuchs, bis sie übermächtig wurde. Sie hatte sich vom Vater des Kindes befreit, hatte ihn ausgelöscht, und jetzt löste sie sich von diesem Kind aus Blei, nicht einmal mehr sich selbst konnte sie tragen, ihr ganzes Leben war ein Rausch der Zerstörung, alles geschah in einem hektischen Sturm, ein unaufhörliches Pochen in ihr wollte sie zersprengen.
Die gewaltsame Kraft, die ihr von Tränen überströmtes Gesicht verzerrte, lauerte als Gefahr vor Gregors starrer Welt. Er fürchtete sich unter seinem knirschenden Panzer, hinter sich spürte er die kühle Ausstrahlung der Maschinenfragmente und das Sausen in den galvanisierten Röhren, er war drinnen in seiner dürren Verteidigungsstellung, das Signal zur Stürmung war gegeben worden, es war der aufmerksame Blick des Hundes, der ihn erkennen ließ, wie leblos alles war, was ihn umgab.
In seinem Raum aus Metall und Stein vernahm er, wie ihr Schluchzen abklang, ihre Worte wurden matter, sie sank in eine gedankenlose Betäubung, trocknete ihr Gesicht, nahm Puderdose, Lippenstift. Die Angriffsgefahr war vorüber. Gregor legte seinen Lederanzug ab, als legte er seine Haut ab, ihre Nähe brannte und schmerzte in ihm. Sie war in seiner Festung aus Glas und Staub, führte die Puderquaste zum Gesicht, während der Blick ihrer tränenblanken, schräggestellten Augen spionierend durchs Zimmer glitt. Sie hatte sich mit ihrer Zerbrech-

lichkeit, ihrer Hilflosigkeit zu ihm hineingestohlen, jetzt lächelte sie ihn verächtlich aus dem kleinen runden Spiegel an, als er demütig ihre Schulter berührte, über ihre Arme strich.
Vielleicht wollten sie einander helfen, doch diese Hilfe war unerreichbar, abwegig, sie spürten nur, daß sie in einer quälenden Verbindung zueinander standen, als hätten unbekannte Mächte sie bewaffnet und sie Angesicht gegen Angesicht gestellt, um etwas Namenloses zu sühnen.
Unmerklich hatte sie sich in den Stärkeren verwandelt. Die Wunde ihres Gesichts schloß sich unter der gemalten Maske. Er war ohnmächtig ihr gegenüber, sie strömte Körperlichkeit aus, während seine Welt aus kalten Spekulationen bestand. Ihre Nähe war eine Pein, eine Drohung, er wollte sie von sich stoßen, aber dazu war es zu spät, gebunden saß er neben ihr am Lagerfeuer. Sie schwärzte ihre geschwungenen Augenbrauen und die gebogenen Wimpern. Ihr Kamm glitt durch die knisternde Welle des Haars, ihr Gesicht war fast abstoßend in seiner Schönheit.

Schweigend, den Hund zwischen sich, waren sie zum Haus gegangen, in dem Lea wohnte. Robert öffnete die Tür, half ihnen mit automatischen Bewegungen aus den Mänteln, sein bleiches Gesicht mit dem Fischmund blieb ausdruckslos. Als sie sich im Zimmer niederließen, zögerte er eine Weile an der Tür, begab sich dann zur Küche, wo sie ihn mit Kochtöpfen und Porzellan hantieren hörten.
Das war ein Zimmer ohne Gesicht, ein Zimmer wie

ein Gähnen. Auf dem Regal standen ein paar Nachschlagewerke und historische Biografien, auf dem Schreibtisch lagen Stifte und Federn parallel ausgerichtet neben dem Telefonbuch und dem fleckenlosen grünen Löschpapier. Durch Pappwände waren die Geräusche des Hauses zu hören, von allen Seiten ein langer Wetterbericht, durchmischt von Kindergeschrei, Schritten auf Parkettboden, Husten, Schimpfwörtern, Zeitungsgeraschel. Aus der Küche drang Essensgeruch herein, Robert zeigte sich wieder in der Tür, sagte, es sei serviert.
Es war eine Opferhandlung, als Robert die Speiseschale Gregor hinreichte. Er suchte seine verlorene Stärke in ihm. Lea wurde wieder von ihrer pochenden Unruhe erfüllt, sie sprach fiebrig, sie strich wie Wind über Wasser, warf Wellen auf, während die Männer an ihrer Seite in ihrem stummen Ritual verharrten. Plötzlich erlosch sie, jetzt befanden sie sich an einem spiegelblanken See in einem wunderlich klaren und gleichmäßigen Licht, die Mähmaschinen und Stallgeräusche des Hauses kamen von einem entlegenen Festland, einige Augenblicke waren sie aus jeder Gebundenheit befreit, in sich selbst ruhend, der spannungsvolle harte Kampf war vergangen, dann sagte sie, daß sie müde sei, daß sie sich niederlegen wolle, und sie sanken wieder in ihre Ohnmacht zurück. Bei dem Gedanken, daß Gregor weggehen würde, schwindelte ihr, sie war an den Händen in ungewisser Höhe aufgehangen und pendelte zwischen Robert und ihm hin und her. Sie wünschte, er würde hier bleiben, sie bereitete ein Bett für ihn auf dem Diwan, sie wollte die Gefahr an sich saugen, in unmittelbarer Nähe haben. Gregor verkörperte das Unbekannte, das Gefürchtete, Robert war ihre Leere.

Sie legte sich in das breite Mahagonibett des Schlafzimmers. Robert streckte sich neben ihr auf dem Fußboden aus. Die Wände waren kahl in ihrem Zimmer, das aussah, als wäre es zur Hälfte für einen Umzug ausgeräumt, das einzige Möbelstück außer dem Bett war ein Schminktisch. Sie betrachtete die kleinen ausgesuchten Flaschen und Dosen aus farbigem Glas und Porzellan, und sie sah sich selbst im Spiegel, sie starrte auf ihr maskenhaftes Gesicht mit den unnatürlich geweiteten Pupillen, sie beugte sich über die ausgestreckte Gestalt unterhalb des Bettes. Roberts Augen waren geschlossen, er atmete leise durch den halbgeöffneten Mund, sie wußte, daß er wach war. Etwas zwang sie, sich auf ihn zu stellen. Sie senkte die nackten Füße mit den rotlackierten Nägeln auf seine Brust. Er rührte sich nicht, öffnete nicht die Augen, schloß aber den Mund. Federnd auf seinem Brustkorb stehend, preßte sie ihm den Atem heftig durch die Nase. Dann sprang sie zurück aufs Bett, blieb zwischen den Kissen mit klopfendem Herzen hocken und starrte wieder, fasziniert von ihrem eigenem Blick und erfüllt von mahlender Zerstörungslust, in den Spiegel. Nun hatte sie die beiden gebunden liegend in ihrer Grotte, die scharfen Schnüre schnitten ihnen ins Fleisch, sie sah die Geschlechtsteile, die sich zu ihr aufrichteten, sie aber nicht erreichen konnten. Sie hielt ihre hochgezogenen Knie mit den Armen fest umklammert und wartete – worauf wartete sie?

Die Unmöglichkeit, in ihr Inneres zu sehen, wie verzweifelt sie auch in ihr eigenes Gesicht starrte, zwang sie, wieder rastlos aufzuspringen. Ausgeliefert an ihren Körper, mit seinem Zittern und seinen Strahlungen aus

Schmerz, die rings um den Magen kreisten, mit seinen elektrischen Strömungen, die von den Brüsten aus, die Schlüsselbeine entlang, die Arme hinab zu den Fingerspitzen liefen, mit seinen heißen Eingeweiden, von deren Funktion sie nichts wußte, ausgeliefert dem Geschehen in ihr, war sie doch davon ausgeschlossen, ihr Körper führte ein selbständiges Leben, und das einzige, was er ihr gewährte, war: Alleinsein. Außerhalb ihrer Kontrolle setzte das Gewächs in ihr seine Entwicklung in jeder Sekunde fort. Sie suchte nach einem Bewußtsein, das ihr Dasein erklären könnte, und während sie mit äußerster Anstrengung in sich hineinlauschte, vernahm sie den Laut des zuschnappenden Türschlosses. Sie stürzte ins Zimmer nebenan, es war leer.

Er wollte weg, aber ihr Bild war in ihn eingeätzt, er spürte den Zwiespalt zwischen Begier und Furcht. Er wollte fliehen, und er wollte kapitulieren. Als er hörte, wie die Tür über ihm sich öffnete, wußte er, daß sie es war, die dort barfuß im Nachthemd stand, er stand still, hielt den Hund am Halsband, und durch den leeren Treppenschacht, unsichtbar füreinander, lauschten sie, mit leisestem Flüstern hätten sie jetzt noch einander verstehen können. Nach einer Weile war wieder das Geräusch des Türschlosses zu hören, er ging weiter, es war, als hätte er sie verloren, ehe er sie erreicht hatte. Und die ganze Zeit auf dem Weg zu Janna sah er Leas Gesicht hinter seinen Augen, ein verhexendes Gesicht, das um seine Macht wußte.
Janna erwartete ihn. Ihr Koffer stand gepackt, sie würden in eine naheliegende Stadt reisen, Inez besuchen.

Janna stand am Fenster und sah hinaus über den Platz, auf dem die Vorübergehenden schwarze Spuren hinter sich im dünnen Schnee ließen, versunken betrachtete sie die auseinanderstrebenden Muster aus erstarrter Bewegung, am Tisch hinter ihr saß der Vater, eine hochgewachsene, plumpe Gestalt, die aufgeschwollenen Fäuste vor sich, den trüben Blick starr auf ihren Rücken gerichtet. In den klobigen Fingern hielt er einen breiten, gleichsam flachgedrückten Bleistiftstummel, mit welchem er langsam auf einen Papierfetzen malte: DU DARFST MICH NICHT VERLASSEN. Sie hörte die Bleistiftspitze über das Papier gleiten, und aus den zögernden Ansätzen und schweren Pausen konnte sie den Inhalt der Wörter deuten. Ihr dunkles Gesicht wandte sich ihm zu, sie näherte sich ihm, ihre Augen zwischen der wuchtigen Stirn und den breiten Backenknochen waren zusammengekniffen, mit den Fingern drang sie in ihr schwarzes Haar und hob es an, als wäre es ihr um den Scheitel zu schwer. Seine unstete schwammige Hand glitt hinauf zu ihrer Hüfte und um ihren Rücken, er drückte sie an sich, und aus seiner Kehle kamen ein paar grunzende lallende Laute, seine Zunge schmatzte und seine wäßrigen rotgeränderten Augen trafen ihren schwarzvioletten Blick, dessen Stärke ihn lähmte. Sie stand noch mit emporgestreckten Armen, den ganzen Körper ausgestreckt, sie stand auf den Zehenspitzen, das Kleid hatte keine Ärmel, das Haar in den Achselhöhlen glänzte im Lampenschein, ihr großer formloser Mund stand offen und entblößte die scharfen weißen Zähne. Sie hörte Gregors Schritte draußen im Korridor, das Klingelsignal schnitt gellend durchs Zimmer. Jetzt gehe ich, sagte sie und ging zur Tür. Der Vater sprang

auf, der Stuhl hinter ihm fiel um und zerbrach. Das krachende Holz machte ihn rasend, es war, als wäre ihm ein Arm, eine Rippe gebrochen, seine Schmerzen, seine Wut kannten keine Grenzen, seine Hände griffen nach Gregor, der jetzt in der offnen Tür stand, er riß ihn ins Zimmer, stieß ihn gegen den Tisch. Aber der Hund sprang vor, verbiß sich im Arm des Angreifers, während Gregor in das schwappende Gesicht schlug, sich losriß und um den Tisch flüchtete, verfolgt von dem riesigen röchelnden Mann, der den Hund abzuschütteln versuchte. Janna stand gegen die Wand gedrückt und sah auf das Karussell, das vor ihr schnurrte, mitten im Zimmer, unter der Deckenlampe, um welche Fliegen ihren eigenen Kreislauf beschrieben. Das Blut sickerte aus des Vaters Arm, der Fußboden färbte sich rot in einem Kreis um den Tisch.
Jahrmarkt. Klingelndes Tönen von Schießbuden und Berg-und-Tal-Bahnen, sie selbst eine Schießfigur, mit dem gemalten Herzen auf der Brust, aber ihre Augen, lebend, folgten dem ewigen Kreiseln des Karussells. Unaufhörlich galoppierten die Pferdemänner vorbei, der eine mit dem Hund am Rücken, durch die Geschwindigkeit wurden sie zu einer einzigen zusammengeketteten Gestalt, mit drei Köpfen und vier Windmühlenflügeln. Es war dem Vater gelungen, ein Messer zu ergreifen, der Hund jaulte auf, und in der plötzlich stokkenden Rotation war des Vaters Hand zu sehn auf dem Nacken des Hundes, den Messerschaft umklammernd. Die Zähne des Tieres waren noch im Arm festgehauen, Janna, die aus ihrem Standbild herausgesprungen war, riß das verkrampfte Maul auseinander, der Körper fiel schwer zu Boden. Der große teigige Mann starrte auf

seinen zerfleischten Arm, er wollte etwas sagen, fand aber keine Worte, streckte nur den Arm Janna entgegen. Aber dies war noch kein Abschluß, daß das Messer im Hals des Hundes stak. Der junge und der alte Mann standen einander gegenüber wie zwei blinde schreckliche Aufladungen, Janna drückte sich wieder zurück an die Kulissenwand und während die beiden Körper sich einander langsam, mit gewinkelten Armen, näherten, schlugen die abgefeuerten Kugeln in Jannas Leib.

Gregors Hände wurden kraftlos, die Knie wichen unter ihm, er wollte niedersinken, das Blut hämmerte in den Schläfen, und das Weinen brannte ihm in der Kehle. Er wartete darauf, daß die Körpermasse des Angreifers sich über ihn stürzen würde, mit Abscheu fühlte er die fleischige Hand des anderen an seinem Hals und griff selbst ins Gesicht des Feindes, das wie ein Schwamm nachgab.

Janna sah, wie der Vater und der Junge um sie kämpften. Sie war lebendig gebunden vor den erhobenen Gewehrläufen, die alle auf ihr Herz zielten. Um ihre Befreiung kämpften die beiden Rivalen auf diesem Jahrmarkt. Das Karussell hatten sie umgeworfen, sie rangen miteinander in gewaltsamen Anläufen und zurückweichenden Bewegungen, ihre Jacken waren heruntergerissen und die Hemden zerfetzt, ihre nackten Oberkörper schlugen klatschend zusammen und lösten sich voneinander mit einem saugenden Geräusch. Mal sah Janna des Vaters fettige grauzottige Brust obenauf, mal Gregors braunen glatten Brustkorb, und immer hielt sie mit dem, der gerade unten lag. Sie war angefüllt mit einem siedenden Wollustgefühl. Als sie Gregor zu Boden gepreßt sah, keuchend unter der furchtbaren Schwere des Vaters, als sie seine Schulterblätter gleich Vogelschwingen ausgespreizt sah, wünschte sie, er möge den anderen erwürgen, und als der Vater niedergesunken war und Gregors Knie sich in seine Lenden preßten und seine Fäuste in das fließende Gesicht schlugen, schrie sie um Hilfe für den Vater.

Der Hund hatte begonnen, sich wieder zu rühren, er kroch durch das Zimmer mit dem Messer im Nacken, mit der schwarzen Zunge auf dem Fußboden, seine Flanken zitterten, Blut floß aus seiner Nase. Er kroch zu Janna, legte erstarrend seinen Kopf auf ihre Füße.

Gregor bemerkte, wie die Kraft des Widersachers allmählich ermattete, während ihm selbst war, als könne er den Kampf bis ins unendliche fortsetzen. Er wußte nicht, um was er kämpfte, er war in einen mythischen Streit geraten. Als er merkte, daß der Druck des andern schwächer wurde, gab auch er nach, er fühlte fast Zärtlichkeit für diesen unförmigen Mann, eine Art Mitleid mit ihm, der, als Angreifer, nicht zum Sieger hatte werden können. Sie hockten sich jetzt einander gegenüber und ihre blutbefleckten geschwollenen Hände hingen schwer von ihnen herab, Janna fand, daß ihre roten schweißtriefenden Gesichter einander ähnlich waren. Gregor war der erste, der sich erhob, unsicher, danach arbeitete sich der Vater empor, aus einem Morast. Das Zimmer gewann seine normalen Proportionen zurück, Janna bewegte sich wieder zwischen den Möbeln, die sie kannte, sie ging in die Küche, holte Wasser und Handtücher, begann die Oberkörper der Männer zu waschen. Sie ging auf und ab zwischen ihnen, aufrecht, leuchtend, das lange schwarze Haar glich dem

Schleier einer Barmherzigkeitsschwester. Mit den feuchten Tüchern rieb sie die Männer ab, legte ihre Hand zärtlich auf Gregors Brustwarzen, strich durch das klebrige Brusthaar des Vaters. Sie stellte den Tisch zurecht, trug die Stuhltrümmer hinaus, schleppte den Hund zum Abfallhaufen im Hof. Unterdessen saßen die beiden Männer still im Zimmer, ohne Gedanken, Gregor rauchte eine Zigarette, der Vater, dessen Arm mit einem Handtuch umwickelt war, saugte an seiner Pfeife.
In einem scheinbaren Frieden, auf einem abgeblendeten Schlachtfeld, kleidete Gregor sich an, und Janna ergriff den Koffer, stellte sich an die Tür. Der Vater blieb sitzen, als sie gingen, sein düsteres Gesicht war gesenkt, die Schultern hingen unter einem Joch.

Die Tage in der Villa verbrachte Gregor in einer scharfen hellsichtigen Aufmerksamkeit. Seine Gedanken beschäftigten sich die ganze Zeit mit dem Zimmer, in dem er Jannas Vater zurückgelassen hatte, und mit der Wohnung, in der Lea mit ihrer Schwangerschaft und dem Schatten des vernichteten Mannes lebte. Die Räume, die er sah, befanden sich in ihm, und die Realität der Bewohner bestand aus seinen eigenen Reaktionen, sie waren aus ihrer Wirklichkeit herausgezogen, er aber fühlte ihre Nähe fast körperlich. Er stellte sich keine bestimmten Situationen vor, sondern empfand nur das Wirken von Beziehungen, nur ein Ausgeliefertsein an Ideen, die Gestalt annahmen und auf ihn zukamen. Während die gedachten Figuren nach ihrer Form suchten, während sie unaufhörlich sich in ihm verwandelten, bewegte er sich in dem großen Haus, in dessen oberstem Stockwerk dreh- und senkbare Metallstühle vor den blendenden Fenstern standen, die die ganze Front zum schneeschweren Garten einnahmen. Greifarme mit Treibriemen und Bohrspitzen, kleine Tische, runde Marmorplatten, mit Zangen, Pinzetten, gebogenen Stahlnadeln, Messern, hohe Glasschränke, gefüllt mit Dosen und Flaschen, spiegelten sich auf dem gebohnerten schwarzen Fußboden. Hier schlug dem Eintretenden Kühle entgegen, eine der großen Fensterscheiben war von einem Menschenkörper zerschmettert worden, alle Instrumente waren von Rost eingehüllt. Er, der sich hinausgestürzt hatte, lag bandagiert im Krankenhaus, derweil die Frau im Haus die Liebesboten empfing, verwachsene groteske Gestalten, die abwechselnd oder gleichzeitig sie umschwärmten mit Vorschlägen und Annäherungen.

Er war in ein Drama versetzt worden, das ihn nichts anging und ihn trotzdem verstrickte in eine Unruhe und Verwirrung. Mit einem Mal war alles unausweichlich, greifbar geworden. Bisher hatte sein Zustand eine Konsistenz von Wasserdampf gehabt, seine Schritte waren schwerelos gewesen, er hatte mit Gestalten erdichteter Welten gelebt, jetzt begann das Leben kompakt und üppig zu werden, näherte sich ihm mit Ansprüchen und Forderungen, die er nicht erfüllen konnte.

Janna kannte Inez seit langem. Zwischen ihnen gab es körperliche Intimität, wenn sie umschlungen auf dem Bett lagen, waren sie wie zwei Gewächse, die ihre Wurzeln zusammenflochten, oder wie animalische Wesen, die von Erfahrungen flüsterten, die seiner eisigen Existenz fremd waren. Jannas Hände waren groß und kräftig, ihr Knochengerüst knollig, vorstechend, als wollte es neue Glieder bilden, zum Tragen, zum Schleppen. Sie war hochgewachsen wie der Vater, aber mager, sehnig, ihre Liebkosungen waren schwielig. Aber gleichzeitig gab es etwas Bodenloses in ihrem Wesen, etwas, das sich ausbreitete, um in sich aufzunehmen welche Formen auch immer. Sie lag offen vor Gregors Ungreifbarkeit, manchmal war es, als hätte sie ihn geboren, als kenne sie die heimlichsten Winkel seines Organismus, sie zog ihn in sich, um ihn mit Leben anzufüllen. Sie erlebte die Umgebung mit seinen Augen, sie floß in ihn ein, machte seine Worte zu ihren eigenen, um ihn zu fangen, um ihn zu erschaffen.

Ihr dunkler triefender Schoß konnte Furcht in ihm wecken, sein herber Geruch ekelte ihn, und als sie unter ihm lag, konvulsivisch zuckend und schreiend, war es, als ob er blind, die Außenwelt noch nicht kennend, in ihrem Körperinnern schwamm. Am Tag war das Gefühl ihrer Geschlechtlichkeit ständig gegenwärtig, sie ging nicht von seiner Seite, sie besaß ihn, und Blicke zwischen ihr und Inez sprachen davon, daß sie beide ihn besaßen, in ihrer schwappenden erhitzten Welt. Wenn Inez ihn berührte, war es, als hätte sie sich ihm schon hingegeben, wenn er Janna umarmte, umarmte er gleichzeitig Inez. Seine Gedanken suchten sich weg von dieser lauernden verschlingenden Nähe, suchten sich zu Lea.

Eine dröhnende Musik schlug den ganzen Tag durch das Haus und machte das Glockenläuten des fallenden Schnees unhörbar. Delegierte kamen und gingen, sie leckten den Teppich dort, wo er die Abdrücke von Inez' Schuhen trug, sie standen unter den Fenstern, winkten, pfiffen oder starrten stumm in das flammende Zimmer.

Sie kamen mit Blumen und Torten und Schmuckstücken und wurden getätschelt und abgewiesen, und das schellende Lachen der Frauen hallte durch das Getön. Ausrufe und Dialogfetzen flatterten durch die Zimmer, losgerissen, zusammenhanglos grimassierten die Gesichter der Männer in den vielen offenen Türen. Nichtssagende Wörter bekamen eine panische Wirkung in diesem Mahlstrom, banale Gesten einen Schimmer von klassischer Größe.

Unter diesen zerzausten Perücken, diesen ungeschickten, erbärmlichen Händen, diesen schiefen Körpern und hinkenden stolpernden Füßen wurde irgendeiner am letzten Abend auserwählt. Einer durfte vor der Göttin Ganzheit annehmen, durfte ihren Körper berühren, durfte vor ihr das Knie beugen und ihren Gürtel lösen.

Während Gregor und Janna nackt auf dem Bett lagen, hörten sie im Zimmer nebenan stöhnende Atemzüge und nervöses Lachen, die Musik war verklungen, alle andern Rivalen waren ausgeschlossen. Aber nach einer Weile kam Inez zu ihnen herein, das Haar aufgelöst vorm Gesicht, die Zähne blitzend im Lachen von Hohn und Verachtung. Ein Schnarchen kam aus dem Zimmer nebenan, sie legte ihre Kleider ab, stellte sich breitbeinig über sie, warf sich zu ihnen nieder.

Jetzt war die blutrote schlürfende Welt unaufhaltsam nah. Münder saugten an seinem Hals, Nabel, Zitzen preßten sich an seine Augen, Hände liebkosten ihn, bis er eine einzige Wunde war, bis der Schmerz ihn blendete. Hier unter den verschlungenen Körpern fühlte er seine Gebundenheit als etwas Endgültiges, seine Gedanken kristallisierten sich und folgten von weit her dem Ringen der Glieder. Der kühle Glockenton des

Schnees erklang, während die Körper sich in einem dampfenden Abgrund wälzten.

Dies gehörte noch zu ihm, das Frühstückstablett zu ihr zu tragen. Ihre schweigende blicklose Nähe gehörte ihm. Er faltete die Decken auf dem Sofa zusammen, auf dem Gregor gelegen hatte, seine glatte schmale Hand strich über das Kissen. Und noch besaß er ein Leben draußen, ein Leben als Lagerverwalter, ein Dasein an einem Schreibtisch, wo er die morgendliche Post mit einem Messer aus Elfenbein öffnete. Dies gehörte noch zu ihm, dieser Weg ins Büro, im Strom der Arbeitenden, dieser Weg auf dem schaukelnden Fahrzeug, das ihn zu einer Tätigkeit trug.
Im Lagerraum verteilten seine bleichen Hände die eingetroffene Post in verschiedene Kästen. Im Lagerraum notierte er Antwortschreiben, gab Instruktionen an andre Angestellte. Im Lagerraum blinkten grüne elektrische Signale, die ihn zum Chef hinauf riefen. Aber der Weg dorthin war ein Weg durch die Unsicherheit, auf dem Weg dorthin wandte er sich immer wieder um, um sich zu vergewissern, daß die Schreibmaschinen und die eifrigen Hände auf den Tasten und die Regale an den Wänden noch da waren. Auf dem Weg dorthin ging er durch einen großen Ozeandampfer, er trug nicht seinen eigenen Namen, er gehörte zur anonymen Mannschaft, er ging durch das rollende stampfende Schiff zur Kommandobrücke. Aber vor dem Kapitän war alles bestimmt, alles ein für allemal festgelegt, vor dem Kapitän konnte er sein Gesicht nicht verbergen, wie leer, wie harmlos es auch war. Vor dem Kapitän sank er

nieder in seine Vernichtung, die sonst der Lebensgrund war, der ihn trug. Vor dem Kapitän war die Niederlage definitiv: ein Messerstich in den Bauch.

Er stand vor Leas Vater. Er selbst war um seine Vaterschaft betrogen worden. Das Kind befand sich bei dem, der ihm jovial auf die Schulter schlug. Gerd geht es gut, sagte der Kapitän, warum zeigt ihr euch nie bei uns zu Haus? Die Hand des Kapitäns blieb auf seiner Schulter, als ob er unsichtbare Epauletten entfernen wollte. Der Kapitän fragte nach Lea. Aber Robert wußte nichts von Lea, kannte nur ihre Stummheit, ihre Verachtung, trotzdem gab es noch eine Hoffnung, daß sie einmal zurückkehren würde, es waren Dämonen, die sich um sie schlugen, die sie blind machten, sie wegraubten.

Im hellen Kommandoraum, an dessen Wänden rings Karten von Kontinenten und Meeren hingen, sprachen sie jetzt von Listen und Berechnungen, erwähnten Ziffern und die Qualitätsmarke von Waren, dem Lagerverwalter wurden Aufträge erteilt, aber als dieser sich seinen Schreibtisch vorstellte und den Stuhl, auf den er sich setzen wollte, da war es, als würde jemand hinter ihm den Stuhl wegziehen, und er fiel auf den Boden.

Später, unten im Lagerraum, waren seine Bewegungen vorsichtiger und bemessener als je, und als er sich setzte, hielt er sorgfältig den Stuhl fest. Am Abend, als er nach Hause ging, wollte immer wieder etwas ihn zwingen, sich mitten auf die Straße zu legen, das Gesicht in den kotigen Asphalt gedrückt, fröstelnd vor Anstrengung, kämpfte er dagegen an.

Die Wohnung gehörte noch zu ihm, sie gehörte ihm, wenn sie leer war, da konnte er die Räume reinigen,

Leas Kleider ordnen, und sie gehörte ihm, wenn er Licht hinter den Fenstern brennen sah, dann sprang er so schnell die Treppe hinauf, daß er vor der Tür atemlos zusammensackte. Und Lea gehörte ihm. Sie sah ihn nicht, aber er sah sie.

Diesen Abend sah er alle Räume erleuchtet wie zu einem Fest, er sah sie hinter den Fenstern sich bewegen, Kleider und Decken und Koffer tragend, dann nahm eine Kraft, die von außen zu kommen schien, sich seiner an und hob ihn hinauf in die Kiefer gegenüber dem Fenster, er wurde die rauhe Rinde entlanggeschoben, setzte sich hoch oben ins Gezweig und sah in das Zimmer, in dem Lea Unterwäsche und Strümpfe aus den Schubladen der Kommode zog, Mäntel aus den Schränken nahm, das Tischsilber in die Tasche packte und schließlich zum Telefon ging, um anzurufen. Das Telefon befand sich am Fenster, sie stand zu ihm gewandt, er sah, wie sie die Nummer wählte, wie ihr Mund sich bewegte, er las von ihren Lippen, daß sie ein Taxi bestellte, danach sah er sie vor dem Spiegel, sah, wie sie den Lippenstift an den Mund führte, wie sie ihr Gesicht mit weitgeöffneten Augen anstarrte, wie sie das Gepäck hinunter zum Tor trug, wie das Auto vorfuhr, wie der Chauffeur ihr mit dem Gepäck half, er sah sie im Auto verschwinden, hörte den Motor anspringen, sah, wie das Auto die Straße hinunterfuhr, und alle Lichter brannten in der Wohnung, die Türen zwischen den Zimmern standen offen, die Schränke standen offen, die Schubladen waren herausgezogen, die Betten aufgerissen.

Er blieb im Baum sitzen, er spürte seinen Körper nicht, seine Beine und Arme waren starr geworden. Er konnte nicht herunterklettern. Die ganze Nacht saß er im Baum,

es war kalt, aber er fühlte keine Kälte, die Sterne glänzten.
Am Morgen sammelten sich Leute unter dem Baum, Schulkinder hatten ihn entdeckt, man rief ihm zu, aber er hörte es nicht.
Schließlich legte man eine Leiter an, und zwei Arbeiter in Monteuranzügen brachen ihn aus seiner Kreuzigung los und trugen ihn zur Ambulanz, die mit einem Lärm vorgefahren war, der in keiner Proportion zur Ursache stand.

Sie hatte etwas von einer Siedlerin an sich, als sie mit ihren Habseligkeiten vor dem Kupfertor der Fabrik stand. Das Auto war fortgefahren, sie war allein auf der Anhöhe, Rauch stieg senkrecht aus den weißen Dächern unter ihr, drehte sich zierlich in der klaren kalten Luft. Sie trug ihren Hausrat in das hohle Dunkel des verfallenden Gebäudes, sie eroberte die leere Festung, zündete die Lampen und den Kamin in Gregors Zimmer an, kauerte sich vor dem Feuer zusammen, wartete auf sein Kommen. Lange aber vermochte sie nicht stillzusitzen, Unruhe ergriff sie, sie ging in den zugigen Hallen umher, plante, wie man sie bewohnbar machen könnte. Früher, als sie hier gewesen war, hatten die wuchernden plumpen Gegenstände ringsum ein urwaldgleiches Dickicht gebildet, das aus Lianen zu bestehen schien, aus Termitenhügeln, frühgeschichtlichen Ruinen, versteinerten Elefanten. Jetzt, im kalten Schein der Glühlampen, sah sie nur ein Schrottlager, sie begann, einige der Rohre und Metallplatten wegzuräumen, während sie arbeitete, wuchs ihre Kraft. Mit den Bewe-

gungen hielt sie die dumpfe Furcht vor dem leeren Haus zurück, die ganze Nacht verbrachte sie damit sauberzumachen, sie wusch den Ruß von den Wänden, scheuerte den Fußboden, putzte die Fenster, hängte die Gardinen auf, die sie mitgebracht hatte, baute ein Nest in einer geschützten Ecke. Die Bewegungen gebaren ihre Stimme, die sang wie ein Vogel, die fand ihr Echo in zahlreichen Tiefen des Raumes. Während des Singens verflog die Unsicherheit, sie hatte den Kampf gegen die Wildnis aufgenommen, den ganzen nächsten Tag baute sie an ihrem neuen Heim, legte Teppiche auf den Boden, bereitete das Bett, stellte Blumen auf den Tisch, und die singende Stimme trug sie. Die Vergangenheit war versunken, solange sie sich bewegte, lebte sie in einem Traum von Freiheit.

Erst als es spät geworden und Gregor noch nicht gekommen war, griff die Ungewißheit wieder nach ihr, sie dachte an den lebenden Organismus, der in ihrem Körper wuchs, in den Gliedern spürte sie Schmerzen vom Schleppen all dieser Steine, Stahlstücke, Balken, Eiszeitschädel, plötzlich kam die Mutlosigkeit, die Schwäche zurück. Sie wußte, über das Geschöpf in ihr war ein Todesurteil ausgesprochen worden, und eine Weile war es, als ob das Urteil auch sie selbst umfaßte. In der Nacht erwachte sie mit einer deutlichen Vorstellung, daß das Kind neben ihr lag, es atmete, es war sehr klein, aber voll entwickelt, und seine Augen sahen sie erkennend an. Sie begann zu weinen, als ihre Hände ins Leere griffen. Wie zerbrechlich waren alle ihre Handlungen gewesen, wie unbeteiligt war sie dabei gewesen. Nie hatte sie leben dürfen, wie sie wollte – aber wie wollte sie leben? Sie wollte etwas tun, aber sie wußte nicht was. Irgend etwas, in dem sie mit ihren Gedanken und ihren Gefühlen und ihrem Körper einig war. Sie wollte *existieren,* sie wollte ruhen, warten, daß etwas in ihr entstehen würde.

Das ausgeräumte, dem Verfall preisgegebene Haus war jetzt wieder drohend, weinend ging sie auf dem holprigen zerborstenen Steinboden umher, lauschte auf die gespenstischen Orgeltöne aus den Gängen, sie fürchtete jetzt auch Gregor, sie sah ihn als einen Teil dieser schwarzen Maschinenfragmente, dieser Zementsäulen, dieser verschrobenen Eisengitter. Als sie sich ihn vorstellte, sah sie ihn gebeugt, gleichsam darauf wartend, von Gefängniswärtern abgeholt zu werden, sie sah, wie er an den Eisenringen im Torweg festgeschmiedet wurde. Oder sie sah ihn unten, in einer der tiefen Versenkungen, die es in den Hallen des Erdgeschosses gab, während sie rastlos auf und ab wanderte, hörte sie ihn um Hilfe rufen, sie suchte sich hinunter durch das irisierende Licht der schimmligen Wände, an sein Geschrei heran, sie blickte hinunter in die Gruft, in der er lag, er streckte die Arme zu ihr hinauf, sie sah, wie er weinte, es war, als flehte er sie um Gnade an, ein Schaudern durchfuhr ihren Körper, sie stand still an der Kante zum Loch, und er verstummte, langsam zog sie sich zurück, und er war immer noch still, er war die ganze Zeit still, als sie wieder durch die Hallen ging, die sich nun unendlich ausdehnten. Sie vernahm Flügelschlag über sich, der Schatten von großen Vogelschwingen legte sich auf sie, sie lief, war jetzt ganz im Freien, in einer freien Berglandschaft und *der Adler* verfolgte sie. Der gewaltige Vogel stürzte sich auf sie herab, sie fühlte seine Krallen in ihrem Rücken, sie wurde emporgehoben und durch die Luft getragen. Sie lag jetzt an seiner Brust, umklammert vom harten Griff, ihren Kopf weit zurückgebogen, ihre Arme um seinen Hals geschlungen. Mitgerissen, umhüllt von der sausenden Kälte, sah sie das Antlitz des Adlers, den geraden vorgestreckten Hals, den grimmigen geschlossenen Schnabel und die kristallkalten Augen. Sie wußte, daß sie ihn gewinnen konnte, ihn gewinnen mit ihrer Liebe, fester preßte sie ihren Körper an ihn, streichelte mit ihren Händen die rauhen Federn auf seiner Brust, fühlte, wie sein Griff weicher, vorsichtiger, zärtlicher wurde.

Dann fiel sie zurück durch schmutzige Ziegelsteinwände und sinnlose Maschinenteile, zurück in diesen notdürftigen Anbau eines Zimmers in einem öden und unfruchtbaren Gebiet. Sie fühlte noch die schwindelnde Geschwindigkeit des Fluges in sich, sie wollte den Adler zurückrufen und die erhabene Landschaft, die unter ihnen dahingeglitten war, aber die Gedanken und Bewegungen waren jetzt mühsam, sie legte sich auf das Bett, wurde aber sogleich von der unerträglichen Unruhe wieder aufgeschreckt, lief zum Kamin, legte Holzscheite auf das Feuer, Funken sprühten. Sie kroch fast in das Feuer hinein, um sich zu wärmen, sie spürte die Hitze der Flammen durch das dünne Hemd, als würde sie auf einem Scheiterhaufen verbrannt. Ihr Körper war feucht von Schweiß, die Haut bis zum Platzen gespannt, Wollust erwachte in ihrem Schoß, die Brustwarzen waren hart aufgerichtet.

Dann waren Geräusche unten im Haus zu hören. Das Kupfertor fiel ins Schloß. Stimmen und Schritte auf der Treppe.

Jannas Gesicht war ein teigiger Mond. Ihre Nüstern vibrierten unter dem schwachen Parfümgeruch, der im Treppenaufgang schwebte, sie hing schwer an seiner Seite, er trug sie fast, ihre Füße schabten mit einem irritierenden schlürfenden Geräusch über die Steine. Sie wußte nichts von Leas Existenz, aber nun spürte sie die Anwesenheit der andren Frau, es war, als hätte sie es seit langem geahnt. Ihre Körper waren noch warm vom Kampf in Inez' Bett, der Kampf schien weiterzugehen, er war nur in eine neue Phase eingetreten. Inez hatte sich verwandelt, sie war fremd, hatte noch keinen Namen, als sie die Tür geöffnet hatten, stand ihnen der Leib einer Unbekannten gegenüber, der sprühende Scheiterhaufen hinter ihr vergoldete ihre Konturen im durchsichtigen Hemd. Vor ihrer Erscheinung sank Janna auf den Holzhaufen nieder, und jetzt war sie es, die sich verwandelte, Gregor, der einige Schritte in seinen kaum wiederzuerkennenden Raum trat, spürte sie hinter sich als düstere matriarchalische Anklage. Er ging zu der, die in ihrer Schönheit geschlechtslos war, er war mit Stricken an die Frau hinter sich gebunden, sie, die wie Gold schimmerte, war unerreichbar. Er sah ihre nackten Beine, ihre nackten Schultern und Arme, ihr verzücktes Gesicht, durch Morast strebte er zu ihr, bis er nah vor ihr stand, aber hinter ihm wuchs eine Bürde und legte sich über ihn, zwang ihn, die Junge, Schwesterliche zu verjagen. Das Dunkle, das Uralte besaß ihn, er spürte ihre groben Hände um seine Därme und Lungenspitzen, er stand versteinert, während Lea lächelnd sich ankleidete, der Schmutz tropfte von ihm

weiss

nieder, schwere Klumpen aus Lehm troffen über sein Gesicht, seine Hände. Sie kleidete sich in Strahlen, unwirklich ging sie an den Eindringlingen vorbei und ließ sie allein in ihrer Erniedrigung.
Als sie verschwunden war, gab sich Gregor dem Sturz hin, der sich während der letzten Tage in seinem Körper vorbereitet hatte, alles in ihm fiel, seine ganze Welt stürzte zusammen, und Janna warf sich über die Trümmer. Sie lagen auf dem kalten Fußboden und rissen einander die Kleider mit den Zähnen ab. Er hielt ihren Körper von sich, seine Krallen in ihre Arme gehackt, die schwarzen Pupillen auf ihrer Brust starrten ihn an. Hinter ihr sah er die spitzen Betonpyramiden und kantigen Sockel des Zimmers, die Vertiefungen im rauhen Gelände, er sah die Wände, die sich gleich Zeltstoff unter Stoßböen beulten. Es war denkbar, daß es draußen ein Meer gab, ja – dort gab es ein Meer, das Dröhnen der Wogen war zu hören, der Boden, auf dem sie lagen, glich in seiner geriffelten Struktur einem harten, vom Wasser geformten Strand.
Ihre Beine schlossen sich um ihn, ihre Atemzüge waren heiser und heiß. Als ihr Gesicht sich dem seinen näherte, sah er, daß sie der glich, die ihn geboren hatte, ein Gesicht voll flammender Gewaltsamkeit. Seine Hände fühlten den sackartigen Hals der Gebärenden, fühlten die Warzen mit den borstigen Haarsträhnen, fühlten die Falten um Schultern und Schlüsselbeine und die knorpligen Adern der Brüste. Er biß in die zerschlissenen Zitzen, die ihn gestillt hatten, und sie drehte und warf sich auf ihn, mit ihren breiten knochigen Hüften, an denen das Geäder wie dunkelblaue Tätowierung lag.
Sie war erfüllt vom Trieb, sich morden zu lassen. Sie bot

ihren Hals, ihre Brust seinen Zähnen dar, und er schlug diese in ihr Fleisch. Ihr Schoß roch nach bitterer Vermoderung.
Ihre violetten Augen lockten die Raserei aus ihm hervor, er zerriß ihren blut- und speichelklebrigen Körper, zerriß ihren Schoß mit seiner Waffe, in ihrer Sehnsucht nach Vernichtung flüsterte sie in sein Ohr befehlende blinde Koseworte, und er würgte sie, während die Wunde des Schoßes in Todeszuckungen die eingestochene Waffe umsaugte.

Später kamen die Atemzüge zurück, neue Pupillen formten sich im Weiß der verdrehten Augäpfel, die Glieder bekamen neues Leben, die Narben schlossen sich, mit neuen Bewegungen stiegen die Körper aus dem nassen Sand. Das Meeresdröhnen verebbte, und die Zeltwände versteinerten sich. Mit neuen Augen, neuen Brüsten ging Janna durch Schneewirbel zu dem Zimmer, in dem der Vater am Tisch saß, mit stillen sicheren Gesten bereitete sie das Abendbrot für ihn. Während ihrer Abwesenheit hatte er das Zimmer nicht verlassen, er hatte hier mit der Geduld des Büffels gewartet, die Küchenuhr hatte ewig dieselbe Sekunde getickt. Dann und wann war er zur Speisekammer gegangen und hatte Eßbares in sich hineingestopft, es zwischen seinen kurzen breiten Zähnen zermahlen. Gemächlich hatte er den billigen Schnaps geschlürft, sein träges Gedächtnis hatte ihm Szenen von dem Hof vorgespiegelt, auf dem er früher gelebt hatte, Janna war noch ein Schulmädchen, das auf seinen Knien kauerte. Er fühlte einen trüben Unwillen beim Gedanken an den Tod seiner Frau, es war, als hätte sie ihn mit ihrem Tod beleidigt, voll Wut schlug er die Faust auf den Tisch. Es war eine Selbstverständlichkeit für ihn, daß die Tochter ihren Platz übernommen hatte, seine wäßrigen Augen blickten sie an mit einem pfiffigen Stolz. Während er dagesessen und gewartet hatte, war er ihrer Rückkehr sicher gewesen, aber jetzt, als sie sich um ihn herum bewegte, stieg ein Mißtrauen in ihm auf, er bildete sich ein, daß sie ihn loswerden, vielleicht vergiften wolle, mit verstohlenen Blicken verfolgte er ihr Vorhaben. Manchmal war ihm, als ziehe sie aus der Bluse ein Pulver hervor und streue es ins Essen. Als sie ihm die Schüsseln vorsetzte, machte er sich nicht sogleich ans Essen, wie er es früher zu tun pflegte, sondern wartete, daß sie beginne. Als sie aber nichts zu sich nahm, war er überzeugt, daß das Essen vergiftet war. Er starrte sie an, den Kopf tief zwischen den Achseln, sie fragte: Bist du nicht hungrig? Das klang wie: Willst du nicht bald sterben! Worte wollten sich in seinem Hals formen, wurden aber zu einem tonlosen Schleim. Mit dem Bleistiftstummel, der in seinen Fingerspitzen verschwand, malte er: Iß DU, aber sie wollte nichts haben. Sie wollte nicht sterben. Er saß stumm, mit dem geschwollenen, schmierig verbundenen Arm vor sich auf dem Tisch, Janna sah, wie sein Gesicht dunkelrot wurde. Der kranke Arm, in dem das Blut pochte, schlug plötzlich aus und fegte die Teller und Schüsseln auf den Fußboden. Irgend etwas brodelte in seinem Hals, bis er fast erstickte. Hustend und sabbernd stampfte er zum Bett, auf das er niederfiel. Janna stützte ihn, kleidete ihn aus. Als er eingeschlafen war und sie beide in dem alten Ehebett mit den hohen Giebeln lagen, er schnarchend und sie mit Augen, die sich nie mehr schließen würden, dachte auch sie an die Zeit, da die Mutter lebte, sie sah die kleine verhärmte Frau, deren mausgraues Gesicht vor den Übergriffen des Mannes zurückwich, sie hörte den Vater heulen im Suff, sah sich selbst auf dem Küchenstuhl sitzen, im Nachthemd, das war die Nacht, in der der Vater die Mutter hinausjagte, dieses Geklirre von Eimern, und dann die herabrasselnde Brunnenkette, und dann die Stille, der Vater, der zurückkam, die Leere in seinen Händen, und wie sie sich auf seine Knie setzte und wie er sie festhielt und wie die Tür plötzlich ein Stück aufgedrückt wurde und wie sie glaubte, daß es die Mutter sei, die zurückkam, zerschlagen, aber wie dann irgend etwas schnaufte und schwappte im Türspalt – ein nackter, fleischiger Schweinerüssel.

Mit dem wunden übelriechenden Arm des Vaters auf ihrer Brust dachte sie an die andre Frau, die sie vor der Feuerstatt gesehen hatte, sie liebkoste deren blühenden Körper, sie liebkoste alles im Zimmer um diese Frau, alles gehörte zu ihr, von deren Leben sie nichts wußte, alles hatte sich nach ihr geformt. Selbst war sie aus Asche und Erde, obwohl sie mit ihrer Macht die andere vertrieben hatte. Sie dachte an das Lächeln der anderen, wie das strahlende Gesicht an ihr vorbeigeglitten war und sie versengt und erledigt hatte. Zu Tode gestochen lag sie in dem breiten knarrenden Bett, ausgelöscht wie der Hund unten auf dem Abfallhaufen. Sie war voll Brandgeruch. Und in ihren Sehnen und im Knochengerüst, in den Haarwurzeln, in den Zähnen fühlte sie das Altern, sie fühlte, wie schwer ihr Blut war und wie es in ihren Adern schmerzte. Sie gab sich dem Schwärenden und Ätzenden hin, gab sich dem Sterben hin, während dunkle nebelhafte Reflexe im Gehirn des schlafenden Mannes wirkten, ihn zum dumpfen Stöhnen zwangen und ihm die klumpigen knackenden Finger krümmten und streckten.

Die Treppe hinunter wie einen Abhang hinunter zum Meer. Der Meerwind schlug ihr entgegen, schnitt in ihr Haar, flatterte gewaltsam hinter ihr. Einer Sturmfahne gleich wurde sie in eine unermeßliche Freiheit geschleudert. Sie lief mit großen Sprüngen. Wurde fast zersprengt von einer elementaren Freude. Sie wußte nicht, wovor sie flüchtete und wohin sie gelangen würde. Fühlte sich nicht als ein Mensch, eher als Meereswesen, als Urzeitwesen, existierend nur in der phantastischen Stärke ihrer Bewegungen. Solange der Lauf andauerte, befand sie sich im Traum, dem Traum, der ihre zentrale unzerstörbare Kraft enthielt, und als der Lauf langsamer wurde, umspann die Bewegung immer noch einen einzigen Gedanken. Sie lief und lief, um diesen Gedanken zu verwirklichen, das Ungeborene würde weggeschnitten werden, in wirbelnder Dynamik sprengte sie sich durch die vorbereitenden Stadien. Sie hörte sich sprechen, sah ihre gespannten besessenen Hände, kollidierte manchmal mit Spiegeln, aus deren Tiefe irgend jemand, wild ihr entgegenstürzend, aufgetaucht war. Als sie den definitiven Foltertisch erreicht hatte, wurde sie die Stille gewahr, die es irgendwo während des Vorstürmens gegeben hatte, eine abweisende, streng in sich geschlossene Stille, die nichts mit dem verzweifelten Gedanken zu tun haben wollte – aber jetzt war es zu spät, sie war schon festgespannt worden auf dem rostfreien Stahl, mit Riemen um die Handgelenke, mit Fesseln um die gespreizten, von silbrigen Metallkränen hochgezogenen Beine. Es war zu spät, eine wahnsinnige Sehnsucht nach Betäubung bemächtigte sich ihrer, eine Sehnsucht, weggetragen zu werden.

Wie eine sonderbare Alge lag ihr nackter Körper zwischen den kaltgrünen Apparaten des Laboratoriums. Weißgekleidete Gestalten bewegten sich um sie, Seifenschaum schmatzte in ihrem blanken glatten Schoß. Da lag sie, Mittelpunkt, und die Spritze wurde in ihren Arm eingeführt, ihre zählende Stimme füllte das Weltall. Sie wußte nicht mehr, was mit ihr geschah, kurz bevor die Figuren und das schmelzende Sonnenlicht über ihr abstarben, sah sie, daß sie niemals gewußt hatte, was mit ihr geschehen war, und in der Unendlichkeit einer Sekunde war ihr, als wäre eine Lösung zum Greifen nah, sie wußte, daß sie diese Lösung um jeden Preis erlangen müßte, sie wollte alles ungeschehen machen, alles anders machen, aber sie wußte nicht mehr wie. Sie war in die Werkstatt des Werdens versetzt worden, ein Tosen von stampfenden Kolben erfüllte die Luft, riesige Pfähle fuhren auf und nieder und erschufen sie mit ihrer Kraftentwicklung, sie hatte keine Vorstellung von ihrem Körper, fühlte nur die Energie, die sich hier und da zusammenballte, sie schrie und weinte, während weit weg Gummihände eine Geschwulst aus ihren Eingeweiden schnitten und kratzten.

Später, als sie sich langsam den alten Normen näherte, später, noch betäubt vom Dröhnen der Schöpfungswerkstatt, sah sie, daß sie zu ein Paar Füßen geworden war, zu nichts anderem, nur zu ein Paar Füßen, das war ihr Leben, diese nackten Füße, die auf einer Straße aus Stein gingen – das kann doch nicht stimmen, dachte

sie, das muß ein Mißverständnis sein – sie mußte doch irgend etwas anderes sein – verzweifelt sank sie in ihren erwachenden Körper.

Solange er vor Furcht gelähmt war, war es eine Erleichterung, daß andere sich um ihn kümmerten. Er lieferte sich den Männern in den weißen Kitteln aus, sein Gedächtnis, seine Sinne waren von Schwäche betäubt. Aber er hatte seine Identität nicht verloren, seine eigene Stimme antwortete mit gedämpftem, fremdem Klang auf die sachlichen Fragen der Männer. Die Kraft war von ihm genommen worden, er konnte nicht aufrecht stehen, er war ein Kind, das noch nicht gehen konnte, in der weißen Zelle, in der er lag, erlebte er den Zustand vorm Entstehen eines Bewußtseins. Da war eine schmerzliche Leere, und manchmal entstand etwas, das einem Gedanken glich, und wenn sich dies in die trübe Ungewißheit drängen wollte, entstand ein brennender Schmerz. Er wollte in diesem Zustand der Bewußtlosigkeit bleiben, seine Lippen regten sich, als suchten sie nach der Mutterbrust, manchmal weinte er vor Durst, aber der Widerstand stammte schon aus einer Welt, der nicht zu entkommen war, er mußte dorthin zurück, zurück in die kalt beobachtende Feindseligkeit, der Augenblick kam, in dem er seine Lage erkannte.
In den Händen spürte er noch die Rinde des Baumes und sein Gesicht spiegelte die schwarze Kühle des Himmels. Er konnte von sich selbst nicht loskommen, wie hoch er auch klettern wollte. Die erleuchteten Fenster waren noch da und die leere Straße, er mußte dorthin zurück, mußte zurück in die verlassene Wohnung.

Die Gedanken ließen sich nicht länger zurückhalten, sie durchtränkten ihn mit ihrem Gift, sie kamen aus Quellen, von denen er nichts wußte. Leas Bild wurde von ihnen angefressen. Er wollte das Bild reinhalten, aber ständig wurde das Bild besudelt, er konnte die Schönheit ihres Gesichts nicht bewahren, es wurde von Ungeziefer übersät, von Lepra gegerbt, die Macht, die ihren Körper entstellte, war in ihm, ihr Mund wurde zu einer Rattenschnauze, die zischte und bleckte die spitzen Zähne, er wollte sie um Verzeihung anflehen, aber sie antwortete mit groben Schimpfereien, schlug ihm ins Gesicht, spuckte ihn an.
Er wußte nicht, was in ihm geschah, er fürchtete sich vor diesem Haß, dieser schwelenden Gewaltsamkeit, da war ein Bedürfnis zu schreien, zu zerstören, da war ein Aufruhr gegen alles, was ihm widerfahren war, aber er wagte nicht, sich einer Zerstörung des Vergangenen hinzugeben, mit zusammengebissenen Zähnen und zu Fäusten verkrampften Händen kämpfte er dagegen an, er lag auf den Knien in der Zelle und leistete Abbitte, er biß sich in die Fingerknöchel, um nicht zu schreien, und um nicht um sich zu schlagen, drückte er mit seinen Nägeln blutige Schrammen in die Hände.

Langsam wuchs das Tageslicht in der verwandelten Werkstatt. Der Schreibtisch, die Bücher, die Observationstafeln waren grau, funktionslos. Im Bett liegend blickte er über das Zimmer, das einer fremden Küste glich. Der Augenblick des Erwachens. An den Strand des Tages gespült, schiffbrüchig, betäubt kroch er durch Geröll und Staub.

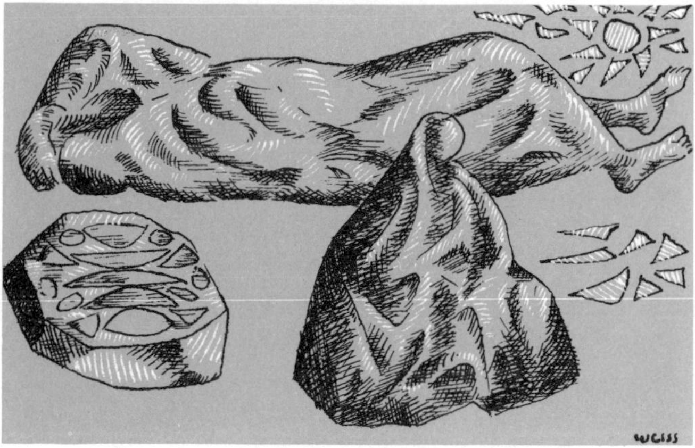
WEISS

Die Gedanken suchten sich zur Arbeit. Die Arbeit: dieses formlose Gebilde, dieser plagsame Zwang, diese halluzinierende Anstrengung. Was waren das für Forschungen, die er betrieb? Sie erschienen ihm absurd in dieser kahlen frostigen Landschaft. Selbst die Erforschung hatte er ausgeforscht. Und nichts gefunden. Er mußte sich eine Welt schaffen, sich eine eigene Welt in diesem Morgendunst bauen. Als Kind hatte er Welten gebaut und sie mit seinen Wesen bevölkert – er hatte Städte, Häfen, Schiffe gebaut, im morgengrauen Strandbett liegend sah er die Panoramen der alten Landschaften. Aber auch dort schon hatte es diese Feindlichkeit gegeben, dort schon hatte es eine verborgene Drohung gegeben, er hatte seine Häuser, seine Gartenanlagen zerstört, seine Boote in den Grund gebohrt, Feuer an die Festungen gelegt.

Der Duft von Leas Körper hing im Bett, die vergangene Nacht stieg vor ihm auf und die Traumerlebnisse, die nach einem Übergang zum neuen Tag suchten. Er hörte das Rauschen unten von der Stadt, und Hammerschläge von nahegelegenen Baustellen, die Füße der Tauben scharrten auf dem Fensterblech, ihre runden gekräuselten Köpfe nickten an den Scheiben vorbei, ihre gurrenden Halstöne weckten Unruhe in ihm.

Wieder versuchte er, Kontakt mit seiner Arbeit herzustellen, aber er fand keine Beziehung mehr zu dem, was er bisher geschrieben hatte, fühlte nur das Gestaltlose, das, was nicht mit Linien, Facettierungen, Notenzeichen festgehalten werden konnte. Alles war begrenzt, in Formen gepreßt, nie war er seinen eigenen Weg gegangen, er hatte geschuftet unter der Peitsche eines Sklaventreibers.

Er fror auf diesem Strand, auf dem nichts anderes zu

finden war als eine verhexte Isolierung. Dort gab es keine Aufgabe für ihn, keinen Zusammenhang mit äußerer Ordnung. Abseitig, in undurchdringlichen Gebieten, hatte er seine abrupten Notizen aufgezeichnet, nicht einmal ihm selbst hatten sie helfen können. Die Vereinsamung in seinem Leben war so groß, daß er sich zurückgleiten lassen wollte in das Meer, das ihn ausgestoßen hatte.

Aber der Zwang zum Leben bekam ihn in den Griff, zog ihn höher den Strand hinauf, er erinnerte sich der Szene vor dem Erwachen: in einer klapprigen Baracke, in einem Haus vorm Zusammensturz, in seiner eigenen inneren Existenz, durch deren Risse der Wind zog. Sowohl Janna als auch Lea waren anwesend, Janna in einem monströsen mütterlichen Bett auf dem Dachboden, und Lea im Erdgeschoß, tief unten in ihm, verharrend im geschnitzten Lehnstuhl der Erwartung. Sein Ichgefühl ging herum wie ein Spuk, mal hierhin, mal dorthin gezogen, ging auf dem Kopf, auf den Zehenspitzen, schwebte seitwärts. Janna kam herab, nackt, zerstört, todmüde nach seinem Angriff, herab die steile schaukelnde Treppe, sie ging durch ein Zimmer, in dem die Tapeten von den Wänden hingen, sie sah ihn nicht mehr, er ließ sie vorbeigehen zum Balkon, wo sie, durch die Kraft seines Willens, sich über das Geländer warf. Das war einfach. Lea allein übrig. Hinab zu ihr, aber wo war sie jetzt? Jetzt, da die andere weg war, mußte er nach ihr suchen, je mehr er nach ihr suchte, desto weiter entfernt war sie, und je weiter entfernt sie war, desto wirklicher wurde sie, bis sie drinnen in der Wirklichkeit des Tages war, und da suchte er nach ihr in der Wirklichkeit des Tages.

Er hatte jetzt das Festland erreicht. Er tappte jetzt auf dem Festland, Straßen entstanden und Häuser und Fahrzeuge. Er lebte jetzt auf dem Festland, trotzdem war es, als suche er festen Grund bei jedem Schritt.

Das Zimmer atmete in einem matten rötlichen Schein, von fern her kamen die Geräusche der Straße durch die verhangenen Fenster. Die Kraft war langsam von den Füßen hinauf in den Körper gestiegen, sie hatte sich erheben können, sie war zurück zu ihrer Wohnung gegangen, in der noch die Lichter brannten. Im Spiegel sah sie sich im Bett liegen, fragend blickte sie in ihr weißes abgemagertes Gesicht. Sie ließ die Außentür unverschlossen, sie war überzeugt, daß jemand kommen und sie abholen würde. Blut sickerte aus ihr, sie spürte, daß sie langsam auslief wie eine Sanduhr. Neben dem Bett auf dem Stuhl lag ein Haufen rotfleckiger Tücher, die Binde um ihren Schoß war schwer von Blut.
Wieder dieses Warten. Irgend etwas würde mit ihr geschehen. Jemand würde kommen. Jemand würde ins Zimmer treten und sie aufheben, sie wegtragen. Der Eintretende ähnelte vielleicht Gregor, aber seine Züge veränderten sich, er erinnerte auch an den Vater, den Bruder, an andere Männer, die sie gekannt hatte. Einzelne Tränen lösten sich aus ihren Augen, glitten an den Wangen herab, während sie unbeweglich, kaum atmend lag.
In ihrer weichen rosafarbenen Betäubung erinnerte sie sich an ihre erste Schwangerschaft. Sie lag auf der Dachterrasse, sie mußte die letzte Zeit liegend zubringen, um nicht die Leibesfrucht zu verlieren. Es war Sommer, ein

schwüler feuchter Gewittertag. Sie war nackt, ihr Körper naß von Schweiß. Vor sich sah sie den blendenden Hausgiebel, an dem wilde Kletterrosen wuchsen und grau verglühten vor Staub und Hitze. Und plötzlich verbarg die schwarze Wolke die Sonne, der Regen rauschte nieder, überspülte sie. Sie erlebte wieder diesen Augenblick des Glücks, das kühlende Wasser, ihr Preisgegebensein und ihre Befreiung. Als die Regenwolke vorbeigezogen war, leuchtete alles in neuen Farben, die Rosen öffneten sich blank und vibrierend, eine weiße Möwe glitt über sie hin mit ausgebreiteten Flügeln.
Sie lächelte, als Gregor leise in das Zimmer trat. Eine süßliche Wärme schlug ihm entgegen. Es war, als träte er in das Innere eines Körpers, das Zimmer schien zu pulsieren. Er sah die blutigen Tücher, er sah, daß die Badewanne und die Toilette angefüllt waren mit rotem Wasser, Blutklumpen schwammen im Wasser, aufgelöste Watte.
Er sah ihr weißes Gesicht, ihre durchsichtigen Hände. Er war in einem Geschehen, an dem er teilhaftig war, aber von dem er nichts hatte wissen wollen. In einer Schuld, in einer Verantwortung, die ihn erschreckte. Er wollte zurückfliehen zur Entlegenheit des Meeres. Er hörte sie sprechen, sie erwähnte nicht das Geschehene, sie klagte ihn nicht an, er setzte sich neben sie, beugte sich über sie, um ihr Flüstern zu verstehen. Seine Feigheit machte ihn beklommen, der Blutgeruch und ihre dahinsiechende Stimme hüllten ihn ein wie eine Narkose. Sie befand sich tief in ihrer Kindheit, sie lag im Kinderzimmerbett, und jemand war in das Zimmer gekommen, hereingekommen durch das Fenster, geradewegs zu ihrem Bett gegangen, hatte sich über sie ge-

beugt, die Kindheitsstadt lag draußen mit den engen altertümlichen Gassen, die Kirchturmuhr schlug, Hundebellen, klappernde Schritte auf dem gewaschenen Kopfsteinpflaster. Sie sah das Puppenhaus, die kleinen Zimmer, die Puppen mit ihren steifen Kleidern, ihren Zwerggesichtern, und wieder der Mann, der in das Zimmer kam – Gregor über sie gebeugt, horchte in sie hinein, verlor sich tief in ihrem Wesen, fühlte etwas Unauflösbares, eine Hingabe, die Selbstaufgabe war. Es zog ihn in ihr Sinken hinein, er wurde langsam hinabgesaugt, er sah sie sterben. Aber der Blick in das schwarze Bodenlose weckte plötzlich eine Gegenkraft in ihm. Noch betäubt, fast somnambul, riß er sich vom Abgrund los und tat, was erforderlich war in einer körperlichen Welt.

Als man ihm seine Kleider zurückgab und ihn hinführte ins geöffnete Portal zur Außenwelt, fühlte er sich verwirrter als je zuvor. In der Begrenztheit der Zelle hatte er an ein Selbstgefühl gerührt, eingesperrt in sich selbst hatte er das Ganze seines Körpers fühlen können, er hatte seine Haut betastet, hatte die Regungen der Muskeln und Nerven unter der Haut gespürt. Die Außenwelt war ihm genommen worden, er hätte sich tausend Jahre dieser klostergleichen Ruhe gewünscht, um das Denken zu erlernen.
Sein glattes verwundertes Gesicht, das jetzt der Offenheit der Allee preisgegeben war, wandte sich hilfesuchend um, aber niemand stand hinter ihm, er mußte immer weiter hinaus gehen, seine Füße wollten sich ständig ineinander verhaken. Die kurze Strecke zur Bushaltestelle wurde zu einer mühsamen Wanderung, er

zog und zerrte an seinen Beinen, um sie auseinander zu bekommen, und manchmal wälzte sich ein Sandkorn vor ihm auf und sperrte die Sicht.
Alles war noch da, von nichts kam er los. Lea gab es, das Büro gab es, den Chef gab es. Der Chef saß auf seinem Stuhl, als er den Lagerraum erreichte, und das ganze Personal war um den Schreibtisch versammelt. Als hätten sie ihn erwartet. Als sollte die eigentliche Untersuchung erst jetzt beginnen.
Die Jury der Angestellten betrachtete den Angeklagten. Es gab nichts Nachteiliges über ihn zu sagen. Das einzige war, daß man sich von ihm mehr Unternehmungsgeist erwartet hatte. Das einzige war, daß man nicht verstand, wie er die Tochter des Chefs hatte heiraten können, deren Vitalität und Schönheit man bewunderte. Das einzige war, daß man ihn mit unbehaglichem Mitleid ansah.
Der Richter fragte: Wo bist du gewesen? Wo ist Lea?
Der Angeklagte errötete. Er war vor allen zur Rechenschaft gezogen worden, alles geschah im Licht der Öffentlichkeit, er mußte intimste Einzelheiten seines Lebens vor den erwartungsvollen Gesichtern der Laufjungen, Lagergehilfen und Maschinenschreiberinnen entblößen. Mit seiner unpersönlichen leisen Stimme, die hier unten im Lagerraum viele Reihen von Ziffern gelesen hatte, schilderte er das Unabänderliche, vor dem Auditorium der Handelsfirma stellte er sich selbst ein für allemal dar. Es füllte ihn mit einer gewissen Befriedigung, Mittelpunkt zu sein.
Das Gesicht des Schwiegervaters schwoll in die Breite. Er hatte seinem Schwiegersohn Arbeit gegeben, er hatte ihn in seinem Heim aufgenommen, die Tochter hatte

er reichlich mit Geld versehen, hatte ihr immer verziehen, wenn sie aufsässig gewesen war. Er, der unter Aufopferungen seine eigenen Kinder aufgezogen hatte, hatte sich nun auf seine alten Tage auch des Enkels angenommen, es war eine Schande, daß die Jungen nicht mit sich selbst fertig wurden. Er war überzeugt von seiner Unfehlbarkeit, er war streng, aber gerecht, er war beherrscht, lebenstüchtig.
Die Lage des Angeklagten hatte in den Zuhörern etwas wie Übelkeit hervorgerufen, verlegen schnalzten sie mit den Fingern, scharrten mit den Schuhen, blickten verstohlen auf die Armbanduhren, sie atmeten auf, als er aus dem Raum ging. Als er verschwunden war, blieben sie noch eine Weile stehen, so wie man stehenbleibt, nachdem man ein Unglück geschehen sah, starrend auf das Opferblut, erregt von der Entladung einer mystischen Gewalt und erleichtert, daß man selbst davongekommen ist.

Die Lampen waren ausgeschaltet, das Bett gemacht, die Zimmer gesäubert. In der Badewanne lagen blutfleckige Tücher. Hatte er sie ermordet? Wo lag sie, wo hatte er sie versteckt?
Der Gedanke hatte sich mit sonderbarer Selbstverständlichkeit in ihn eingeschlichen. Erst nach einer Weile zeichnete er sich fiebrig und verzerrt auf dem Vorhang der Vernunft ab. Er versuchte, das Zimmer von dieser gefährlichen Figur zu glätten, aber der Gewalttäter war dort unangreifbar vorhanden, sprang auf und ab, schlug gegen die dünnen schallenden Wände, schlug hinein in das Porzellangeklapper und Kindergeschrei des Hauses,

und seine Grimasse begegnete ihm im Spiegel. Der Gedanke, daß er sich an ihr vergreifen könnte, war unerträglich, trotzdem mußte er mitansehen, wie Lea niedergeschlagen wurde, zertrampelt wurde, da war ein Desperado, der die ganze Wohnung demolieren wollte, um mit der fürchterlichen Konfrontation Schluß zu machen, ergriff er die große Vase – Hochzeitsgeschenk der Schwiegereltern – und schleuderte sie zu Boden, die Scherben spritzten eisig über das Parkett.
Aber später mußte er das wieder saubermachen, die Zacken auf dem Fußboden zusammenkehren, die Ordnung des Raumes wiederherstellen. Er wollte Abbitte leisten, er spie sich selbst an, er schlug sich mit den nassen Händen ins Gesicht. Er stellte sich vor, er würde sich eine wilde abschreckende Maske ins Gesicht malen, sich zu einem Ausdruck des Bösen machen, er würde mit der Maske durch die Gassen laufen, um sich für seine Verbrechen zu strafen, er würde laufen, bis er fallen würde – aber dann – was dann?
Er mußte das Böse im eigenen Gesicht tragen, niemals könnte er sein eigenes Gesicht loswerden.
Während er beschämt das Zimmer ausfegte, während er die Möbel abstaubte und die Ordnung zurückgewann, die der Fremdling mit seinem Ausbruch erschüttert hatte, wünschte er, wieder zum Vergessen zu gelangen, er wollte sich von seinem Namen befreien, sich in eine andere Existenz hineinsuchen.
Er legte sich auf das Bett. Ihr Bett. Aber das Bett war zu groß. Das Zimmer war zu groß. Überall waren Abdrücke von Leas Händen. Sein Blick wurde festgehalten von einer vergessenen Haarspange, einer Parfümflasche, einem Hemd.

Er setzte sich in die Küche. Der Spültisch machte sich breit mit schmutzigen Tassen und Schüsseln, das Wasser tropfte, es rülpste aus dem Ausguß, die Walze des elektrischen Meßapparates rotierte mit roten und schwarzen Ziffern. Alles wurde gemessen und vermerkt. Nichts ging verloren. Nichts konnte vergessen werden. Kleine unbarmherzige Walzen verzeichneten das Verrinnende: er mußte bezahlen. Die Miete mußte bezahlt werden. Die Arbeit im Büro fortgesetzt werden. Lea lebte bei Gregor.

Er setzte sich in den Garderobenschrank, kroch unter ihren Sommerkleidern zusammen. Ihre Röcke schwebten über seinem Gesicht. Er versuchte, sich in Gregors Dasein zu versetzen, um durch ihn an ihrem Blick, ihrer Umarmung teilzuhaben, in einem Fieberfrost eilte er hinaus, um nach Gregor zu suchen. Wo lebte er? Sein leeres Gesicht schaukelte zwischen den Passanten in den verkehrsreichen Straßen.

Vielleicht könnte er etwas finden, das ihn reinwaschen würde. Vielleicht würde jemand durch das Eis unten auf dem Fluß brechen und er würde ihn retten, oder es würde in irgendeinem Haus brennen und er würde hineinstürzen und die Eingeschlossenen befreien. Oder jemand stand im Begriff, sich von der Eisenbahnbrücke zu stürzen, und er würde ihn zurückhalten. Oder er verteidigte jemanden, der überfallen worden war, er schlug das Messer aus der Hand des Berserkers und übermannte ihn. Aber es gab niemanden, den er retten könnte. Es geschah nichts anderes, als daß er selbst da war.

Er geriet in ein Café, setzte sich an den runden Steintisch. Im Radio wurde ein Drama gespielt. Die hitzigen

Dialoge schlugen durch den Raum, in dem einzelne junge Männer und Mädchen in abgegriffenen Zeitschriften blätterten und jemand hinten am Automaten an klimpernden Hebeln drehte. Unsichtbare Figuren in weißen klassischen Gewändern stürmten gegeneinander an, und die Jünglinge saßen träge und wandten manchmal ihre pickligen Gesichter den Mädchen zu, die kleine Spiegel besaßen, um damit in die Zukunft zu schauen. Er rührte in der Kaffeetasse, lauschte auf die Stimmen, las einige Zeilen in einer Zeitung, überflog die Kinoanzeigen. Blanke blendende Worte klangen auf, er zählte ein paar Münzen auf den Tisch, Hufschlag erklang in der Säulenhalle, die Serviererin stopfte das Geld in den Beutel, der zwischen den Brüsten hing, sie gähnte, der Chor der Schicksalsgöttinnen tönte einförmig dahin, die Kugeln im Automaten klimperten und klingelten.
Und weiter ging er. Warum hatte sie ihn genommen? Wen hatte sie genommen? Er wußte ja selbst nicht, wer er war. Sie hatte ein Nichts genommen.
Überall, wo er vorbeiging, erloschen die Lichter, Rollgardinen wurden herabgezogen, Reklameschilder wurden schwarz, sein Schatten hatte eine verödende Wirkung. Er ging schneller und schneller, und alles verlöschte hinter ihm. Da wußte er plötzlich, was das war, was er in sich hatte, wovor er sich fürchtete. Der Tod. Das war es, wohin er die ganze Zeit gegangen war, um endlich einen Punkt zu erreichen, von dem es kein Fortsetzen mehr gab, er war getrieben worden von einem Verlangen nach einem langsamen schwerelosen Fall, nach einem Stürzen im Zeitlupentempo durch stäubenden Schnee, die Arme ausgebreitet – aber jetzt wagte er sich nicht weiter heran an diese Möglichkeit, die so

nahelag, er blieb erschöpft stehen, gleichgültig, vollständig leer.

Sie tat, als schliefe sie, sie lag im Bett, das Gesicht unter den Haaren verborgen, und sah blinzelnd hinüber zu dem, der sich dort in den entlegenen Winkeln des Raumes in seinem Taucheranzug rührte. Es war wie nach einer langen und beschwerlichen Bergwanderung, da man endlich die Herberge erreicht hat, beschützte Ruhe. Die Kraft begann in den abgestorbenen Körper zurückzukehren, das aufgetaute Blut prickelte in den Gliedern. Felle lagen auf dem Boden vor dem Bett, Blumen standen auf dem Tisch und eine Schale mit Früchten, im Kamin prasselte das Feuer. Das Zimmer war von den glitzernden Vertikalen der Sonnenstrahlen aufgeteilt. Es gab keinen Wunsch nach Tätigkeit, nur dieses Daliegen in der Ruhe.
Gedankenlos, unzugehörig beobachtete sie eine Weile Gregors Bewegungen, er öffnete eine Eisenluke im Boden, zog Stöße von Papieren hervor, stellte einige Bildplatten an die Wand und betrachtete das Linienspiel, das darauf dargestellt war, er blätterte in einem Buch, setzte sich an den Schreibtisch, spitzte den Bleistift, wandte sich oft zu ihr. Es war, als hantierte er mit etwas, das sie nicht sehen durfte. Er verließ den Tisch wieder, sie sah ihn herumlaufen zwischen seinen Röhren und Platten und Kisten, sah ihn eine Wand um den Schreibtisch errichten, um sich vor ihrem Einblick zu schützen. Hinter der Wand hörte sie das trockne Flüstern des Papiers, hörte seine Schuhsohlen den Boden schaben, hörte ihn atmen, husten. Sie war ausgeschlos-

sen. Der kahle Mittelteil des Raumes mit seinen Betonsockeln und Säulen wirkte wie eine ausgebrannte Bahnhofshalle. Voll Unbehagen streckte sie sich, gähnte, rief nach ihm. Er zeigte sich sofort hinter der Wand, wie ein Stehaufmännchen, dachte sie. Kam zu ihr mit den knarrenden Hosen, den steifen bauschigen Ärmeln. Wie ich diese Kleider verabscheue, hast du nichts anderes anzuziehen! Sie spielte die Erwachende, drehte ihren Körper. Sah in seinen Augen, daß sie ihn schon verführt hatte. Widerwärtig, wie er seinen Taucheranzug ablegte. Bedrohend, und gleichzeitig lächerlich. Jetzt glaubte er, sie wolle ihn bei sich im Bett haben. Ihr mißfiel dieser gierige zärtliche Ausdruck in seinem Gesicht.

In Unterkleidern setzte er sich auf die Bettkante, beugte sich über sie, wollte sie küssen. Was wollte sie eigentlich von ihm? Seine Hände waren kalt, er legte sie unter die Bettdecke, sie waren aus Metall. Eidechsen krochen auf ihr.

Er bemerkte ihren Widerstand, küßte sie nicht, sah sie fragend an. Wo ist denn dein Hund? fragte sie, um die Stille zu brechen. Er errötete, sagte, daß dieser bei einem Unglück umgekommen sei. Aber sie wollte mehr hören. Er beschrieb, wie er überfahren worden war. Sein Mund war nervös. Sie sah, wie ungepflegt er war, seine Haare rochen schlecht. Wäschst du dich nie? Er entgegnete, bin noch nicht dazu gekommen, mich zu waschen, werde es jetzt tun. Er erhob sich, sie sah, wie er Wasser holte, wie sein nackter Oberkörper sich über die Schüssel beugte. Plötzlich war sie wieder müde. Ich will nur schlafen, ich will nicht aufstehn. Sie schloß die Augen. Das Wasser plätscherte. Schmelzender Schnee um die Berghütte. Feuer im Kamin. Sonnenwolken über Berggipfeln.

Ohne die Augen zu öffnen, sah sie, wie er zurückkam. Er war halbnackt, fragte, darf ich mich bei dir wärmen? Sie schlug die Decke zurück, er legte sich neben sie. Ihre Augen waren immer noch geschlossen. Seine Hände liebkosten sie. Warum tat er das? Sie war unangreifbar. Sein Geschlechtsteil drückte sich hart gegen ihren Schenkel, sie legte ihre Hand gegen diese Waffe, die er auf sie richtete. Sie verspürte keine Lust, nur eine Art Frost unter seinen Zärtlichkeiten. Als er sich auf sie legte, öffnete sie die Augen, sah in sein Gesicht, das von blinder Hingebung gezeichnet war. Die Hingebung galt nicht ihr, sie war in sich selbst geschlossen. Ihre eigene Einsamkeit füllte sie aus wie ein Eisblock. Unaufhörlich stieß er einen Keil in diesen Eisblock, das tat weh, sie wurde vergewaltigt, sie mußte weinen, da brach der hackende Schmerz ab, sein Gesicht wurde hilflos. Er sah ihre Tränen. Die Nähe ihres Gesichts. Ihre Schwäche machte ihn stark, gab ihm Mut, er konnte die Schuld unter einem Mitleid verbergen. Sie trug die Wunde für ihr gemeinsames Verbrechen. Sie hatten das Ungeborene getötet. Sie begannen mit weniger als nichts. Seine Gespanntheit löste sich, sie bemerkte, wie er weicher wurde, ihre Bewegungen antworteten ihm. Aber sie war ungeduldig, wollte daß es vorüber sei. Zwang sich zu einer Umarmung, preßte ihn hart an sich. Jetzt wünschte sie, daß es weh tun würde, sie rang mit einem Tier, und je dichter sie es an sich preßte, desto weniger Angst brauchte sie vor ihm zu haben, mit gewaltsamer Anstrengung küßte sie ihn, liebe mich, liebe mich!

Der Hund lag noch unter Küchenabfall, matschigem Papier, Pappe. Fasziniert betrachtete sie den halb verfaulten Kopf. Sie ekelte sich nicht vor den gelben Maden, die in den ausgelaufenen Augen wimmelten, fühlte eher eine Zähigkeit, eine Ausdauer, der Tod konnte ihr nichts anhaben, es war, als hätte sie ihn überwunden, es war etwas Hartes und Forschendes in ihrem Blick.
Sie berührte einen der entblößten Reißzähne des Hundes, der Hauer saß lose, sie zog an ihm, brach ihn heraus, rieb die blutigen Sehnenreste von der Wurzel ab. Sie polierte den blanken spitzen Hauer mit ihren Händen, sie trug ihn mit sich, öffnete manchmal die Hand und sah auf ihn, ließ den Zahn in der Sonne leuchten.
Sie hatte sich von ihrer Arbeit freigenommen, diesen Tag hatte sie gestohlen, die Beute lag um sie ausgebreitet, geschmeidig und federnd ging sie durch ihr Diebesgut aus Türmen, strahlenden Fassaden und Brücken. Der Talisman in der Hand gab ihr eine heidnische Stärke. Ihr großes wildes Gesicht war gepudert, die Augen glänzten fast schwarz. Sie besaß die Straßen, sie besaß den Park, in dem die Luft aus Eis und Schnee flimmerte. Sie besaß das rote Fabrikgebäude auf der Anhöhe, sie würde eindringen in dessen Herz.
Behende und lautlos schlich sie sich in die kalten Gänge hinein und hinauf zur Region des Herzens. Aber vor der Plankentür zauderte sie. Sie hörte die Stimmen, sie drückte die Hand hart um den Hauer, so daß die scharfe Spitze in das Fleisch drang. Sie zog sich zurück und verbarg sich, die Treppe in Sicht behaltend, wartete hier, daß Gregor kommen würde. Sie hatte unendlich viel Zeit, sie wünschte, es würde Stunden dauern, bis er kam,

zusammengekauert saß sie in ihrem Versteck. Sie fühlte, wie sie *vorhanden war*, sie war erfüllt von ihrem Leben, mit einem Mal hatte sie keine Absichten mehr, wußte nicht, was sie tun würde, wenn Gregor kam, es gab nur Instinkte, dunkle Impulse, eine Art Urwalddasein – mit Hingabe an Tod und Leben, vielleicht würde sie gefressen werden, vielleicht würde sie auffliegen und ihre Beute reißen.

Als die Schritte im Gang ertönten, kam sie zu Bewußtsein. Wurde zum Menschen, dehnte ihren knöchernen Körper, trat vor, wuchs auf vor ihm, erschreckte ihn.

Mit ausgestreckten Armen stieß er sie zurück, sie wehrte sich. Sie hatte viel Kraft gesammelt, war gierig, wollte ihn gewinnen. Sie war gewachsen, Gregor fühlte sich kleiner als sie, es war, als wollte sie ihn schlagen, sie griff ihn offen an, seine Verteidigung bestand aus Ausflüchten. Als er von Lea sprach, versickerten seine Worte wie Wasser in trocknem Sand. Die großgewachsene schwarze Frau forderte ihn heraus, ihr Mund war blutig, saugte ihn an sich heran. Wieder war es, als triefe er vor Schmutz, all sein Wissen war beschmutzt, deformiert. Unter allen Handlungen lag eine verfilzte fremde Welt. Furcht und Schwindel packten ihn beim Gedanken an die Kindheit. Die Gebärerin lebte noch, die Megäre, einsam in ihrem verödeten Reich. Er sah das Herrenhaus in dessen Glanztagen, als Feste gefeiert wurden, als lange Autoreihen an den Portalkolonnaden standen. Er sah den Verfall, sah den Vater sterben. Das Haus war in seinen Träumen, mit seinen Echos, seinen roten Sonnen, seinen schwefelgelben Monden die durch die Fenster leuchteten, eine Welt aus Rätseln, ein Keimplatz für nostalgische Phantasien.

Er entfernte sich von Janna in einem Gefühl von Ausweglosigkeit, während er die Treppen hinabging, suchten sich seine Gedanken wieder zur Arbeit. Alles, was er geschrieben hatte, bestand nur aus Umschreibungen. Diese Topographien konnten ihm nicht helfen. Ein Überblick war niemals denkbar, die Gesamtheit, das war etwas anderes, eine Ahnung, eine Intensität der Wahrnehmung. Die Gesamtheit, das war etwas Expansives, etwas Grenzenloses und doch in sich Geschlossenes, er hatte daran gerührt – aber würde er je den Mut aufbringen, sein Inneres aufbrechen zu lassen? Er selbst, das war etwas Unerträgliches, ein Geschwür, das in ihm brannte.

In Jannas matriarchalischer Umarmung war er sich wie ein Krüppel vorgekommen. Und als er jetzt an Lea dachte, wurden seine Hilflosigkeit und Unterlegenheit noch größer. Er wußte, daß Lea ihn nicht liebte, daß sie ihn wann auch immer verlassen könnte. Warum war sie überhaupt zu ihm gekommen? Er wußte, daß sie ihm nie verzeihen würde, daß er sie von Anfang an betrogen hatte. Sein Leben war verloren, es gab darin keine tragende Kraft.

In Jannas Umarmung war er von ihrer Verachtung getroffen worden. Du bist kein Mann, hatte sie geantwortet auf seine Unsicherheit, sein ewiges Zweifeln. Sie kannte den Wert dieser kleinen Wörter. Es war ihr Recht, von diesen Bazillenwaffen Gebrauch zu machen. Zum Vater konnte sie sagen, du bist verfault, du stinkst, es ist aus mit dir. Und dann verließ sie den Wundgeschossenen. Dann blieb er da oben am Tisch sitzen, außerstande in seiner Demütigung zu denken, haltlos würde er trinken, und wenn sie zurückkam, kroch er, ein Recke aus Holz und Lehm, vor ihr platt auf dem Boden. Sie selbst war zerrissen worden. Alle hatten ihre Waffen gegen sie erhoben, hatten sie bedroht, vergewaltigt. Aber wenn sie dann von ihr kastriert worden waren, durften sie wieder an sie heran, und dann war sie gleichgestellt mit ihnen.

Als Gregor verschwunden war, kam der zeitlose lauernde Zustand wieder über sie. Jetzt war sie allein mit der andern Frau, verbunden mit ihr in einer eigentümlichen Intimität. Noch immer hielt sie den Reißzahn in ihrer Hand, langsam näherte sie sich der Tür zum Zimmer.

Lea schlief. Lautlos näherte sich Janna ihrem Bett. Weder der Vater noch Gregor existierte mehr. Die schlafende und die wache Frau atmeten in einem gemeinsamen entrückten Traum. Janna sah die Pulsader am Hals der Liegenden schlagen, der rotbraune Haarschwall verbarg das Gesicht zur Hälfte. Die Wärme der Sonne durchstrahlte Janna. Sie legte den schimmernden Zahn auf den Tisch neben dem Bett und entfernte sich, erfüllt von ihrem eigenen Leben, mit der Wunde brennend in ihrem Körper.

Die Blätter, die an ihr entlangglitten, waren schwer von betäubendem Saft, die Luft dampfte in der Sonne, die rote aufgebrochene Erde troff vom Regen, tiefer in die üppige Vegetation drang sie ein, um ihm zu begegnen, dessen Gesicht sich ständig veränderte. Sie wußte, daß er bewaffnet war, ihre Hände waren ihr fremd, sie waren zu grausamen Klauen geworden, die zupacken und zerreißen wollten. Sie traf ihn an im schwülen Wasser-

nebel, sie drehte ihm die Pistole aus der Hand und schlug sie in sein unbestimmbares Gesicht, spürte, wie die Nase, die Backenknochen zersprangen. Sie schlug in sein Blut hinein, er brach zusammen, unter ihren Schuhen hatte sie lange Nägel, damit durchbohrte sie seine Hände, sie hämmerte ihn in den Boden, trampelte ihn in den Boden hinein. Verzerrt und verklärt war ihr Gesicht, sie war verhext, sie lebte in einer Welt der Verdammung, sie war verwünscht tief drinnen in einer schwelenden erstickenden Fruchtbarkeit.
Dann gewann sie ihre Reinheit zurück. In einem weißen Kleid betrat sie ihr Zimmer im Exil. Ermattung, Vergessen kam über sie. Sie zog die Gardinen zurecht, hob eine Vase, betrachtete versunken den spitzen weißen Zahn, den sie auf ihrem Tisch gefunden hatte. Ging zum Spiegel, kämmte sich, legte Farbe auf die Wangen, summte mit der hohen vogelgleichen Stimme.
Sie sah ihn weitab in seinem Kram, sah ihn hinter dem rostigen Schirm verschwinden, hörte das tote Rascheln des Papiers, hörte den Stuhl knarren, diesen klapprigen unförmlichen Folterstuhl, diesen elektrischen Stuhl – sie hätte ihn aus seinem Winkel herausziehen wollen, hätte ihn schütteln wollen. Er hatte keinen Blick für ihre Blumen, für ihre Tücher, saß dort versteinert zwischen seinen Büchern und Grübeleien. Seine Augen konnten glasig starren, wenn er sich von ihrem Bett erhob, er streckte die Hände vor, als wünschte er, daß man ihm Fesseln anlege. Wie lebte er eigentlich, womit befaßte er sich? Manchmal, wenn er fort war, las sie, was er geschrieben hatte, aber dort fand sie keine Erklärung, dort gab es nichts, was sie wiedererkannte, sie war voll Wut darüber, daß sie ausgeschlossen war, sie

glaubte, er verachte sie, er meine, sie wisse nichts von dem, was ihm etwas bedeutete. Sie haßte alle diese Bücher, die sie nie gelesen hatte, die sie nie lesen würde, sie waren so eitel, so hochmütig.

Ihn in die Knie zwingen, diesen versiegelten Mund zum Schreien bringen! Wilde Lust zu schlagen fraß und raste in ihr, sie wollte ihn in ihre glühendrote Landschaft ziehn, über ihn triumphieren.

Nichts gab es für sie zu tun, hier in diesem kargen hellen Zimmer, das das Zimmer eines andern war. Nichts, was sie je begonnen hatte, war zu Ende geführt worden. Und alles wäre ihr doch möglich gewesen, wen auch immer, was auch immer könnte sie gewinnen, mit ihrem Anlauf, aber immer nur einmal, ein einziges Mal, niemals durfte es einen neuen Versuch geben, denn dann wäre sie durchschaut worden. Was sollte sie tun?

Sie fuhr fort aufzuräumen in dem steinigen strüppigen Gelände vor der Tür, sie schleppte Wrackstücke und Ruinenreste weg, die Bewegungen riefen immer das Lied hervor, sie bahnte sich einen Weg, errichtete eine Feldmauer – aber plötzlich schlug die Verlassenheit über ihr zusammen, sie saß zwischen den Steinen, erinnerte sich an den staubigen Weg zur Schule, sah ihre staubigen einsamen Füße, Mitleid mit sich selbst ergriff sie. Sie weinte über ihr verpfuschtes Leben, was ließ sich noch daraus machen, wie konnte sie etwas Haltbares finden, ehe sie alterte, ehe sie auf diesen Abfallhaufen erloschener Liebesmöglichkeiten und Handlungsträume geschmissen wurde?

Ein großer schwarzer Käfer kroch übers Geröll, starr vor Furcht folgte sie ihm mit dem Blick, bis er in einer

Spalte der Mauer verschwand. Voller Ekel lief sie in das helle Zimmer, in die Echohalle leerer Erwartungen, brach sich ein in seine Verschanzung, schrie, ich will hier nicht sein, will hier nicht sein!
Er kroch hervor wie ein ertappter Dieb, der das Gestohlene nicht schnell genug verstecken konnte. Ihr Ruf hing noch in der Glocke des Zimmers, dröhnte hin und her. Wie verlogen dein Leben ist, wie unmenschlich du bist, kriech heraus aus deinem leeren Raum, umarme sie, küsse sie, höre, wie deine Kathedrale den Tod alter Epochen einläutet. Stolpre durch den leeren Raum des Unmöglichen zum einzig Möglichen – zur Umarmung der Leiber, laß dich blenden und ertränken.

Ohr an Stein gepreßt. Sonderbare akustische Wege entlang kamen Worte und Geflüstertes. Der Keller war eine hallende Grotte, die Wände vibrierten von Geschehnissen, die hoch oben in anderen Regionen stattfanden, er konnte hören, wie ihre Kleider zu Boden fielen, wie eine Lampe eingeschaltet wurde, wie ein Löffel sich in einer Tasse rührte. Er sah das Leben oben auf einer winzigen Bühne, die Stimmen der Agierenden waren gläsern, ihre Bewegungen marionettenhaft. Er stand an die kalte Mauer gelehnt, Zeuge der Stille, der Schritte und Berührungen, er stand auf einem Haufen Ziegelsteinen, auf einer kleinen Insel im lehmigen Grundwasser, Feuchtigkeit sickerte die schimmligen Wände herab, Tropfen fielen klingelnd, manchmal klatschten Ratten ins Wasser. Er wußte nicht, daß seine Furcht vor der Weiterbewegung die Furcht *zu wissen* war, nur unbewußt wollte er wissen, unbewußt wollte er weiter, deshalb klebte er hier wie eine Kellerassel an der Wand, er war fühllos, seine Empfindungen waren in Gregor, es war Gregor, der *sah* und der *hörte,* er selbst war unsichtbar. Er hatte die Welt zu einem Puppentheater zusammenschrumpfen lassen, bedrohlich war sie nur noch in ihrer Unwirklichkeit.

So war es auch im Büro, er war dorthin zurückgekehrt, als sei er sich der Unsichtbarkeit noch sicherer, unangreifbar saß er an seinem Schreibtisch, die, die ihn ansprachen, redeten ein Vakuum an. Gewiß antwortete er, gewiß kam er, wenn jemand nach ihm rief, er stellte sich der Gegenwart des Chefs, aber mit der Verschlagenheit eines, der eigentlich nicht da ist, redet ihr nur, dachte er, redet ihr nur drauflos, ich tue, als höre ich euch, ich tue, als führe ich eure Befehle aus, aber glaubt nicht, daß auf mich zu rechnen ist.

Von seinem Horchposten im Labyrinth kam er zurück zum Ozeanschiff. Windstille. Das Schiff glitt über das einförmige spiegelglatte Meer. Blinksignale riefen ihn hinauf zum Kapitän. Entfernt das Pochen der Maschinen. Der Meerhimmel lag wolkenlos hinter den Fenstern des Kommandoraums. Die Karten an der Wand stellten einen ihm unbekannten Planeten dar, nie hatte er diese Kontinente gesehn, er folgte den Kurven der Küstenlinien, fragte sich, was das für Städte waren, deren rote Punkte aus den dunklen Landschaftsformationen leuchteten.

Der Kapitän saß an seinem weißen Tisch, vor sich die weißen Telefone. Wie heilige Tiere lauerten die bronzenen Geldschränke hinter ihm. Zwischen den Fingern hielt er eine Zigarre, der blaue Rauch ringelte sich empor, die Zigarrenkiste stand offen, die Innenseite des

Deckels zierten Palmen und nackte dunkelhäutige Frauen. Sein Zeigefinger war von einem schwarzen Siegelring geschmückt, die Initialen drehten sich gleich Schlangen ineinander. Eine breite Kette aus gehämmertem Silber fügte sich um das Handgelenk, die Arme waren in Granit geschnitten. Seine ganze Gestalt erhob sich als geschliffener Block. Seine massive Schwere wurde von glänzenden Flächen umschlossen. Mit strenger methodischer Bewegung wurde die Zigarre zum Mund geführt, ausgewogen beherrscht flossen die Worte durch die Lippen. Die Worte galten Lea. Die Frage galt ihrem Aufenthaltsort. Robert dachte an die Fahndung, die zur Herstellung des Kontakts geführt hatte, er dachte an den hellhörigen Stein, sagte, weiß nicht, weiß nicht, wo sie sind. Es gab ihm Kraft, allein zu sein mit einem Geheimnis.

Den Richter reizte die bleiche kühle Miene des Angeklagten. Der soll nicht überheblich sein, der soll zerknirscht sein. Seine Tochter hatte ihren Mann verlassen, das befriedigte ihn, er wußte nicht, warum. Seine Gedanken wurden milder. Eigentlich ein netter Junge. Schade um ihn. Komm mal zu uns zum Mittagessen. Dem Kind geht's gut. Kein Wunder bei unsrer Pflege.

Unter der Kappe, die ihn tarnte, beobachtete Robert das Gespräch zwischen sich und dem Vorgesetzten. Stramm stand er an der scharfen weißen Tischkante und genoß sein Geheimnis. Als er später wieder an der raunenden Kellerwand lag, dachte er an den Vater der Sprechenden, deren Stimme aus dem steinernen Mikrofon in sein Ohr drang. Die Wahrnehmung, völlig allein zu sein mit einem Wissen, an dem nie ein andrer teilnehmen würde, machte ihn mutig. Er war so tief hineingesunken in seine Furcht, daß er sie nicht mehr merkte. Er lachte beim Gedanken an den Kapitän, der nichts von dem Sender wußte, den er hier in diesem Radio aus Stein empfing. Seine Selbstauslöschung verlieh ihm eine Machtstellung. Es war, als besäße er das Leben derer, an die er sich herangepirscht hatte – sie ahnten nichts von der Nähe des Jägers.

Sehen, ohne selbst gesehen zu werden, das war seine letzte Stärke – und das war auch seine erste gewesen, er erinnerte sich, wie er als Kind hinter Vorhängen versteckt gestanden hatte, um den Gesprächen der Erwachsenen zu lauschen, und wie er nachts an den Schlüssellöchern gehangen hatte, er lauschte nicht auf den Inhalt der Worte, davor fürchtete er sich, die Tatsache allein, unsichtbar über andre wachen zu können, war ihm genug. Als es in den oberen Zimmern still geworden war, legte er sich in die Holzkiste, die er sich unterm Kellergewölbe eingerichtet hatte. In eine alte Pferdedecke gewickelt lag er dort, im muffigen Wasserdunst, zwischen perlenden Tropfen und vorbeischlurfenden Füßen.

Sie suchten im andern sich selbst. Sie waren einander Spiegel für die Vorstellung vom andern Geschlecht. Sie konnten das Wesen des andern nicht fassen, spürten nur, was vom andern in Bewegung, ins Schwingen versetzt worden war. Noch waren sie schwer bewaffnet, noch waren ihre Küsse Spione, ihre Zärtlichkeiten Stoßtrupps auf Schleichwegen. Sie hatten noch nicht das gemeinsame Niemandsland für ihre Begegnungen gefunden.

Das Bewußtsein arbeitete noch nach den alten Regeln.

An seiner Hobelbank, die Beständigkeit vorspiegeln wollte, bemühte er sich, den Kontinuitäten der Vergangenheit zu folgen. Die Sucht, ständig seine Lage zu formulieren, ständig den Ausschlag von Seismographnadeln abzulesen und Peilungen vorzunehmen, führte dazu, daß er sich selbst aus der Sicht verlor.

Sie war wilder, nicht an Vernunft gebunden, während sein Blut dicke Adern der Ästhetik und Selbstkritik durchfloß, regte sich triebhafte Unruhe dicht unter ihrer Haut. Sie konnte ihre Narben, ihre Entstellungen aufzeigen, konnte steil und entblößt dastehn, er dagegen tappte dahin, ständig zum Zurückschrecken bereit. Er haßte sie, weil sie ihn band, er wünschte, sie möge ihn verlassen, daß er sich ganz *dem Schmerz* hingeben könnte. Er hatte diesen Schmerz, diese Einsamkeit verherrlicht, sie waren ihm Triebkraft zur Arbeit gewesen. Ihre Körperlichkeit unmittelbar vor ihm zwang ihn, sich zu verwandeln, er wußte, die alte Welt, an der er noch festgeklammert hing, mußte zerbrochen werden.

Sein Organismus war dem Kreuzfeuer der Veränderungen ausgesetzt, stechende Schmerzen und Atemnot begleiteten die widerstreitenden Empfindungen. Er lebte in einem Zustand zwischen Schlaf und Wachsein, in dem Lea fremdartige Proportionen annahm, teils wurde sie greifbarer, teils unfaßbarer, ihre Stärke war bezwingend, sie nahm ihn, wies ihn ab, wie es ihr gefiel, es gab keinen Ausweg, keine Zuflucht. Hier in den Grenzgebieten, wo die Maßstäbe der Realität sich aufzulösen begannen, der Traum aber noch nicht vom Ich befreit war, drang das Rohe, Ungeformte auf ihn ein, gärend, unabwendbar, er konnte es nicht ausdeuten, nicht gestalten, er war ein Scheintoter, der im Sarg lag und den

Vorbereitungen zum eigenen Begräbnis beiwohnte, unfähig, ein Lebenszeichen hervorzubringen, und gleich würde man den Deckel zuschrauben. Unter der dünnen Hülle des Bewußtseins lauerte das Animalische, blind Wuchernde, dort lagen die Erinnerungen aus der Zeit der Geburt, aus der Zeit, da er an der Brust getränkt wurde, aus den pränatalen Stadien.

Allmählich brach die Verteidigung in sich zusammen. Als Lea ihn zurückwies, geriet er in eine unvorstellbare Leere. Es war, als ziehe sich das Leben selbst vor ihm zurück. Es war das Mütterliche, das das Tor vor ihm zuschlug und ihn in die Nacht der Selbständigkeit versetzte. Da konnte er gegen dieses Tor besinnungslos anrasen, vollständig verloren.

Er schlug auf ein Phantom ein, taumelte zermürbt in seiner auseinanderfallenden Welt umher, wurde schließlich von einem gewaltsamen Schlag in den Bauch niedergestreckt. Merkwürdig verschoben beugte Lea sich über ihn. Der Schmerz war so heftig, daß er nicht zu atmen wagte, die Konvulsionen dauerten an, die Steinwände des Zimmers wurden rosenrot.

Sie gab ihm Morphium, sah, wie der Krampf verebbte, wie er in die Umnachtung sank. Jetzt, da er erloschen vor ihr lag, merkte sie, wie erschöpft sie war, nach dem besinnungslosen Angriff der von ihm ausgegangen war. Jetzt war er ungefährlich, besiegt, der Höhlenbewohner, den sie aus seinem Dunkel hervorgezogen hatte. Er würde weggetragen werden auf einer Bahre, das Auto mit den Trägern war schon unterwegs. Sie würde allein sein.

Dies hier war nicht ihre Welt – wohin gehörte sie? Sie träumte von einem Garten, träumte von Sommer, sie trug ein weißes tief ausgeschnittenes Kleid, sie wartete,

stand am Gartentor, erfüllt von einer sonderbaren ätherischen Liebe.
Dann kamen die Träger herein, Sendboten der Außenwelt, in blauen Uniformen mit Goldknöpfen, sie waren hier fehl am Platz, blickten mißtrauisch um sich. Ein Ort für Morde, Vergewaltigung, ein Platz für Gestrandete, für Lichtscheue, ein Haus zum Untergang bestimmt. Sie hoben den Gefallenen empor, trugen ihn vom Ort der Verbrechen ins Feldlazarett der Zivilisation.
Sie hatte die Gedanken der Krankenpfleger gelesen, sie glichen ihren eigenen Reflexionen, jetzt aber, da sie verschwunden waren, verschob sich die Färbung der Gedanken, sie waren von außen eingedrungen, in diese Einöde, in deren Fremdartigkeit sie sich verirrten, jetzt kamen die Gedanken aus ihr selbst, waren Bestandteile ihrer eigenen Absonderung. Sie gehörte hierher, so wie Gregor hierher gehörte, die graue Vorzeit hier war ihre Wahrheit, der Kampf, der hier geführt wurde, war ihre Wahrheit, es war der Kampf, durch den sie hindurch mußte, um zu ihrem neuen Leben zu gelangen.
Zu was für einem neuen Leben? Gab es denn überhaupt ein neues Leben?

Die Geburtswehen waren abgeklungen. Vom Krankenbett, in dem er lag, wurde er sich des großen Gebäudes ringsum bewußt, er sah diesen Verbandsplatz für Verwundete aus den Straßenkämpfen, diesen Sammelplatz für die Opfer eines unaufhörlich stattfindenden Angriffs, er sah sie, wie sie hereingerollt, hereingetragen

wurden, wie sie hereingewankt kamen, sich hereinschleppten, wie sie geduldig auf die Erste Hilfe warteten oder besinnungslos um Erbarmen schrien. Für einen kurzen Augenblick war er dem Feuer entwichen, doch der Kampf ging weiter, ging für immer weiter, forderte sie zurück, mit notdürftig geheilten Wunden, mit Krücken und künstlichen Gliedern, blind und taub.
Er sah die, die von den Messern und berstenden Mauern der Stadt zerschlagen worden waren, er sah die, die ihren ganzen Körper vor den Phosphorflammen entblößt hatten, die verfault aus den Pestherden hervorgezogen worden waren, und durch das Fenster sah er auf einem umfriedeten Hof die vom Schock Überkommenen, die ihre Vernichtung nicht mehr begreifen konnten. Er sah, wie sie rings umeinander taumelten, ohne sich gegenseitig zu bemerken, wie sie zu sich selbst sprachen, ohne ihre Worte zu hören – er selbst besaß seine Identität: es würde schreckliche Erschütterungen erfordern, um die Schale des Bewußtseins zu sprengen. Ausgestreckt in seinem Bett spürte er das Unzerstörte in sich. Das Grenzgebiet, in dem er lebte, war ein Regulator, in dem äußere und innere Welt zur Einheit gebracht werden sollten. Sein Körper wurde durchleuchtet und abgehorcht, seine Temperatur, sein Blutdruck gemessen, seine Flüssigkeiten mikroskopisch untersucht, keine Projektile, keine Granatsplitter wurden gefunden, keine Spur von giftigen Gasen. Unverletzt lag er unter Beobachtung des Feldschers: ein Deserteur, der vor der Vergangenheit hatte fliehen wollen.
Die Zukunft war Utopie, wenn sie nicht aus der Vergangenheit kam. Wie konnte Neues entstehn, wenn das Alte ungelöst blieb? Das Alte ließ sich nicht wegbren-

nen, ließ sich nicht ausschließen. Er dachte daran, wie die meisten einen Strich durch die Jugend zogen und ein erwachsenes Leben begannen, und das, was stoßweise auftauchte aus dem Versteckten, mußte geheimgehalten werden, durfte niemals zur Sprache kommen. Mit Mühe hielten sie dieses Leben zusammen, sich selbst fremd, voller Schrecken vorm Aufzeigen ihrer Herkunft. Sie taten, als wären sie stark und lebenstüchtig, sie trugen die Gesellschaft, sie wagten nicht, ihr Gesicht zu verlieren – und warum sollten sie es auch: war es nicht Pflicht, die Ordnung zu bewahren? Sie zu verteidigen, für sie zu kämpfen. Aber hier kamen sie herein, einer nach dem andern, wurden bandagiert, aufgeschnitten, zusammengeflickt, bekamen neue Finger, neue Münder, aber niemals ein neues Wesen, und nach einiger Zeit kamen sie zurück, kriechend oder per Bahre. Dennoch hielten sie sich, im Ganzen gesehn, recht gut, sie waren heroisch, und trotz allem fast unverwüstlich. Für ihn aber gab es einen andern Weg. Es gab nichts Einfaches und Selbstverständliches für ihn, nur Zersplitterung und Ungewißheit. Er mußte sich selbst im Zusammengesetzten, im Widerstreitenden suchen, für ihn gab es keine fertige Welt, er mußte selbst bauen. Er war eine Idee, die noch nicht Gestalt angenommen hatte, ein Spuk, der sich einmal materialisieren würde. Dort war es, wo seine Arbeit einsetzen mußte. Er spürte, wie ein Gewebe in ihm entstand, wie feine Fäden in einem unsteten Licht Richtungen andeuteten, Strukturen, um sich wieder im Unkenntlichen zu verlieren.

Er dachte an Lea. Sah sie zum ersten Mal ohne Beziehung zu sich, freistehend. Sie hatte eine Ursprünglichkeit in sich, eine Wildheit, die in der Außenwelt nie Fuß fassen würde. In welcher Lebensform, in welcher Kultur sollte sie sich entfalten können? Ihre Vitalität war von feindlichen Kräften verzerrt worden, es gab keinen Ausdruck für sie. Neben ihr war er von alter resignierter Zivilisation, für ihn gab es ästhetische Traditionen, Übereinkommen zwischen Außerwählten. Sie hatte nur sich selbst, stellte sich nur dar mit ihrem Leben, dessen hervorbrechende Ursprünglichkeit sie in unerträgliche Wirbel reißen konnte.

Allein mit ihr im Haus. Er sah sie in einem Guckkasten. Er wußte, wie das Zimmer aussah, war manchmal dort gewesen, wenn sie weg war, war dort umhergegangen, hatte alles angerührt, hatte an allem gerochen. Er stand an die Kellermauer gepreßt, und oben ging sie durch das Zimmer.

Was war das Leben, was widerfuhr ihm hier im Kellerdunst?

Er war von seiner Insel herabgestiegen, stand bis zu den Knien im Wasser, ging durch die platschende Unterwelt zum Lichtschein hinter der Türöffnung. Das Wasser schwappte in seinen Schuhen, als er die Treppe hinaufging, es tropfte von der Hose. Er fror, aber nicht von der Kälte der Steine und des Wassers, etwas anderes schüttelte ihn.

Er öffnete die Tür und stand vor Lea. Im ersten Augenblick erkannte sie ihn nicht, sie war aus ihren Gedanken gerissen worden von einem Kloakenarbeiter, der unvermittelt vor ihr stand, in einer Wasserlache. Er sah, daß sie nach einer Sekunde der Überraschung gleichgültig wurde, sich auszukleiden begann, ohne von ihm Notiz zu nehmen, ihre Nacktheit riß den ganzen Raum auseinander. Sie warf sich ein Nachthemd über, legte sich aufs Bett, drehte ihm den Rücken zu. Er blieb stehen, während er sich zum Bett laufen, an ihr rütteln sah, er hörte, wie er ihren Namen schrie, er schlug auf sie ein und schrie: Warum, warum! Er wußte nicht, was er mit diesem Warum meinte, rief aber weiter warum, warum, und sie lag still im Bett, zur Wand gedreht, hörte ihn nicht.

Das Leben hatte keine Verwendung für ihn. Sein letzter Aufruhr verebbte langsam, jetzt *wußte* er, er sah den stummen Rücken des Lebens zwischen den Laken und vernahm das Saugen des Kellers, ein Saugen, das sich weich in seinem Körper ausbreitete. Dieses Saugen bestimmte nun über seine Bewegungen, zog ihn die Treppe hinab, half ihm sanft, behutsam, sich ins Wasser zu legen.

Ausgestreckt im Wasser, dessen Kälte er nicht spürte, eingebettet ins Wasser, das Gesicht noch über der Oberfläche, das Ohr an der Wand, hörte er von weit her ihr Bett knarren, hörte, wie sie wieder aufstand, wie sie im Zimmer umherging. Er lag in dem weichen Saugen, würde für immer hier liegen, lag unbeweglich, ohne zu frieren, atmete durch die Nase, auch über Mund und Augen stieg nun das Wasser, durch seine Lippen sickerte das Wasser in ihn hinein, es schmeckte süß, milchig rostig irden war es auf der Zunge zu spüren.

Während zuweilen Bewegungen von einem entfernt lebenden Körper ihn erreichten, rotierte sein Theater mit unaufhörlichen Bildern, er erkannte die Phasen und Verwandlungen der Bilder, die Vorstellung eines unfaßbaren Reichtums ergriff ihn. Räume, Menschen, Landschaften, Tiere, Städte, Flüsse zogen in unendlicher Folge vorbei, und obwohl er alldem früher begegnet war, war es, als sähe er es jetzt zum ersten Mal, unterm Wasser liegend war ihm die Fähigkeit zum Sehen gegeben worden, erst jetzt begriff er alle Worte, die er gehört hatte, spürte in sich die Substanz, die Struktur von allem, woran er gerührt hatte. Sterbend dachte er an den Reichtum, den er aufgehäuft hatte – aber was konnte ihm dieses Kapital noch nützen, wenn er tot war, zu nichts würde es erlöschen. Er fuhr auf, Wasser umspritzte ihn, es schmeckte nach Fäulnis, er erbrach, geschüttelt von der Kälte des Wassers lief er hinaus, lief den Abhang hinab, durch den Park, durch Geruch von knospenden Blättern, Staub, Benzin, die Stadt war noch da, wäre noch da, auch wenn er jetzt ertrunken im schlammigen Wasser läge, seine Wohnung war noch da, die Wohnung, die Lea verlassen hatte, er selbst war noch da, in nassen schlaffen Kleidern. Wo aber war jetzt all das Gold, von dem er geträumt hatte, all dieser Reichtum, an den er gerührt hatte, jetzt war nur noch das Wachsein da, ein elendes frierendes Wachsein.

Lea saß versunken am Fenster, flüchtig sah sie auf, als er eintrat, beantwortete nicht seinen Gruß, ihr Gesicht war verschlossen, hart, der Mund bitter.
Es zog ihn wieder in die bleierne Bindung, die Arbeitsahnungen, die luftigen leichten Gedankenfäden welkten wie Spinnweben. Der Weg hierher war wie der Weg über ein Sprungbrett gewesen, der Gleitflug aber fand sein jähes Ende vor der Mauer ihres Gesichts.
Die Verschlossenheit galt nicht ihr, nur ihm. Der

Schmerz, die Ohnmacht und Unzugehörigkeit waren nicht Bestandteile ihrer Existenz, sie wandten sich gegen ihn, mit Anklage, Drohung, Forderung. Er wagte nicht, dieses Gesicht anzublicken, das die schützende Maske der Schönheit verloren hatte. Gegen seinen Willen näherte er sich ihr.

Als sie so saß, hatte sie an ihr Kind gedacht. Gerd war gegen sie gestellt worden, als eine Verbündete der Eltern. Und Gerd, von ihr verstoßen, mußte sie hassen. Von Anfang an hatte sie das Kind loswerden wollen, hatte in dem Kind eine Krankheit gesehn, etwas, das sie vertilgen, wie eine Schlingpflanze umstricken wollte. Ihr Versagen bereitete ihr jetzt eine unaufhörliche Qual, sie mußte das Versäumte wiedergutmachen, sich mit dem Schweren konfrontieren, aber wie – hilflos und auf Treibsand?

Die Arbeit war eine Phantasmagorie, die Arbeit verwehte vor einem Gesicht. Er sagte: Du mußt dein Kind zu dir nehmen. Empfand doch sogleich Reue, Furcht. Das Gesicht öffnete sich, hob sich ihm entgegen. Sie sprang auf, stürzte in die Verwirklichung hinein, hielt das Kind schon in ihren Armen.

Während sie wegeilte von den Zweifeln, der Unentschlossenheit, verbrannte er seine Papierschiffe hinter sich, sah die tapferen kleinen Soldaten der Buchstaben niedersinken, Reihe auf Reihe, sah, wie sie von den Flammen verschlungen wurden. Die ziselierten Beweise einer langjährigen Tätigkeit vergingen im Schmelzofen, benommen vom Rauch, hockte er an der Asche seiner Gedanken.

Da hinter den Köpfen der Elche, hinter den Schwertfischen tauchte sie auf, da auf den ausgewalzten Eisbären kam sie geschritten, das Haar rot gefärbt, sah wie eine Hure aus mit ihrem grell gemalten Gesicht. Sich davon machen, ohne ein Wort, das kann sie, und ihr Kind, das sollen wir versorgen! Sie sagte, ich komme, weil ich sie holen will. Das kann dir so passen, sind wir ein Pensionat, ein Fundbüro, wo man kommt und geht, wie's einem paßt? Haben wir keine Erklärung zu fordern, haben wir kein Recht auf menschliche Behandlung? Menschlich! schrie sie. Menschlich! Was war in sie gefahren, was nimmt sie sich da heraus? Die Mutter ging ängstlich auf sie zu, wollte ihre Hand ergreifen, Lea wich starr zurück, stand an dem enormen schwarzen Schreibtisch, mit den Greiffenfüßen und Frauenbrüsten. Durch diese Zimmer war sie geschlichen, eine aufgescheuchte Antilope, die Flanken von Pfeilen durchbohrt. Sie sah die Mutter, ergraut, betrübt, trauernd, mit Mühe hielt sich die Mutter aufrecht, die Gicht knisterte in ihr, ihr ganzer Lebensüberdruß stöhnte aus ihr, ihr Äußeres aber war gepflegt, gepudert, ihr Kleid rauschte elegant, ihre geschwollnen Füße waren in enge modische Schuhe gepreßt. Was erwartet ihr euch für Dank? fragte Lea. Die Mutter schreckte zurück, als wäre sie geschlagen worden. Beleidigst du uns auch noch, rief er, der jetzt aus dem finstern Hintergrund zwischen Tigern, Löwen, Adlern hervortrat. Der Adler – jetzt wußte sie, wie er in ihr Leben geraten war. Der große ausgestopfte Adler mit den ausgebreiteten Schwingen hatte sich in ihr verwandelt. Sie hatte diese seelenlosen Trophäen zum Leben wecken wollen – hast du die alle selbst geschossen? fragte sie. Er sah sie an, sah sich im Zimmer um. Natür-

lich habe ich sie geschossen, sagte er, zeigte auf die kreuzweise an der Wand hängenden Flinten, hättest du es gewollt, dann hättest du mit mir reisen können, wärst du zu Hause geblieben, in der Firma, aber du taugst zu nichts, hast es zu gut gehabt, verwöhnt bist du!
Die Adern traten ihm an den Schläfen hervor, er stand breitbeinig, mit geballten Fäusten. Mißglückt bist du, sagte er, mit zurückgehaltenem Zorn, und der Junge ist auch zu nichts nutze, ins Ausland mußten wir ihn schicken, solche Schande! Lea dachte an den Bruder, sah ihn gekuscht aufblicken, schräg, verschroben, sie sagte, du wolltest einen Hund aus ihm machen, ich weiß noch, wie du ihn mit der Trillerpfeife gerufen hast. Still, rief die Mutter. Warum still? antwortete Lea, ihr wundert euch, daß wir mißglückt sind, ihr wollt eine Erklärung, ihr wart es, ihr habt uns untauglich gemacht, ich weiß nicht, was ihr mit mir gemacht habt, weiß nur, ihr habt mich kaputtgemacht!
Bist du von Sinnen, schrie der Vater. Ja, das bin ich, antwortete Lea, ich bin außer mir, ich bin ganz außer mir, und jetzt suche ich nach mir, nach dem, was ich einmal war oder hätte werden können. Ich will mein Kind haben, will mein eigenes Leben führen, ich will frei sein von euch!
Die Mutter weinte im hohen grünen Lehnstuhl, der Vater mit dem Elchkopf stand versteinert. Lea wußte, es war alles falsch, auch das hier war falsch, obgleich es ihr richtig erschienen war. Das Vergangene war falsch, und falsch war das Leben in Gregors Fabrik. Nur ein Gedanke hatte Nähe: das Kind zu bekommen. Wo ist sie? fragte sie, und die Mutter zeigte müde zur Dekke, als hinge das Kind an der Lampe.

Lea ging hinaus in den Korridor, ging über die roten und schwarzen Quadrate des Steinmusters. Auf der Bilderreihe an der Wand waren verfolgte, von Hunden zerbißne Füchse zu sehn, Elefanten, die vor Reitern flohen, Vögel, die aus dem Himmel stürzten, Rotjacken zu Pferde, in die Hörner blasend, Wildschweine mit eingerammten Spießen. Sie blickte in das Zimmer, in dem sie während der Schulzeit gewohnt hatte, dort standen noch ihre Kindermöbel, die weißen Stühle, der weiße Tisch, sie öffnete das Fenster, blickte hinab in den Garten. Das war nicht das Zimmer, an das sie sich erinnerte, sie dachte an das Zimmer in dem alten Haus, in der kleinen Stadt, der sauberen Sonntagsstadt, sie vernahm das Geläut der Kirchglocken, sah die roten Dächer mit den weißen Schornsteinen, und weiter hinten Wiesen, Weidenbäume, Hundegebell unter dem offenen grünen Abendhimmel.
Im Zimmer nebenan saß Gerd mit dem Kindermädchen auf dem Boden. Als die fremde Frau eintrat, schmiegte sich das Kind an die Behüterin, mißtrauisch, ängstlich. Lea wollte umkehren, flüchten, aber sie setzte sich zu ihnen, fragte, erkennst du deine Mutter?
Das Kind klammerte sich fest an dem Mädchen, es wich zurück, als Lea sie anrühren wollte. Lea spürte, sie hat Angst vor mir, Angst vor meinen Händen. Sie war eine Diebin, stehlen wollte sie das Kind, das ihr nicht gehörte. Wer war die Mutter dieses Kindes? Es klang falsch, als die Pflegerin sagte, willst du nicht deine Mutter begrüßen. Gerd saß stumm, den Finger im Mund, die Stirn gerunzelt. Gerd war ein fremder Mensch, mit eigenen Gedanken und Empfindungen, ein lebendes Wesen, zusammengekauert, voll von Mißtrauen. Lea

war erschreckend, sie war ein großes Tier, das plötzlich angekrochen kam und spielerisch die Tatzen vorstreckte, mit roten Klauen. Das Kindermädchen war weich und warm wie Milch, der Teppich war weich und warm, die Luft war weich und warm, konnte Lea das Kind aus dieser Geborgenheit herausreißen und es in den kalten kahlen Maschinenraum versetzen?
Sie sagte zum Kindermädchen, ich nehme das Kind zu mir nach Haus. Sie sah, wie sie überall Schrecken verbreitete, die Eltern saßen noch blutend nach ihrem Ausfall, das Kind traute sich nicht, ihr nah zu kommen, das Kindermädchen verließ das Zimmer mit beleidigtem erbleichtem Gesicht. Die Blumensträuße auf der Tapete leuchteten, zwischen den Sträußen saßen rote und blaue Kakadus, glotzten ins Zimmer, schau dir die Vögel an, sagte Lea, nur um etwas zu sagen, und der Blick des Kindes glitt die Wände entlang. Sie saß mit ihrem Kind in einem Vogelkäfig, in einem Vogelkäfig baute sie ein Schloß aus weißen Bauklötzen, sie saßen in einem stupiden und absurden Käfig, wußten nicht, wie sie herauskommen sollten. Mutter und Vater fütterten sie, warfen Brotkrusten zu ihnen hinein, schmatzten mit den Lippen, pfiffen, die tausend Kakadus zwitscherten Tag und Nacht, wetzten die Schnäbel. Aber die Wirklichkeit konnte man wie Gardinen zurechtrücken. Handlungen, folgerichtige Handlungen schützten das Leben. Handlungen legten feste Pfade über bodenlosen Treibsand. Sie vermochte die Kleider und Spielsachen des Kindes im Vogelkäfig zusammenzupacken, und sie unterbrach ihr Vorhaben nicht, als der König und die Königin sich in der Tür zeigten und ihre Zaubermacht über sie ausüben wollten. Willst du Gerd nicht bei uns lassen? frag-

te die Mutter, sie hat es besser, ruhiger hier, du hast doch keine Bleibe. Der Vater sagte, ich kann dein Bankkonto sperren lassen, wenn ich will, kann ich dich entmündigen, du kannst keine Verantwortung tragen.

Umgeben von all den flatternden schnarrenden Kakadus, spürte sie, wie etwas in ihr zerbarst, das Kind, das sie auf dem Arm gehalten hatte, setzte sie nieder und ging so dicht an den Vater heran, daß dieser einen Schritt zurückweichen mußte, sie zischte ihn an, du bist es, der unmündig ist, bis in den Tod habt ihr mich erzogen, wenn es nach euerm Wunsch ginge, müßte ich mich auf der Stelle umbringen, euer Heim, das war ein Morast, ein stinkender Morast, es wundert mich, daß ich überhaupt noch lebe, ich muß eine enorme Stärke haben, ganz habt ihr mich nicht zerbrechen können!

Wieder empfand sie, ich bin eine Hexe, ich kann verhexen. Ihre flüsternde Stimme hallte über die bunten Steine des Korridors, hinten an der Treppe stand die Pflegerin in ihrem steifen weißen Gewand, anonyme Zeugin einer klassischen Tragödie.

Die Mutter weinte still vor sich hin, sie verstand nur, daß da eine unheilbare Seuche war, die sich über alle hergemacht hatte, was soll uns dies große Haus noch? dachte sie, und einige Augenblicke lang vergaß sie ihr ganzes späteres Leben, in einer Erinnerung an die Jugend, sie stand an den Zaun gelehnt, draußen vorm Gutshaus, der Knecht führte das große braune Zugpferd vorbei, mit einem Strohhalm zwischen den Zähnen grinste er sie an, und vom See unten das Lachen und Rufen der Badenden, sie hatte die ganze Hand voll Himbeeren, sonnenwarmen, süßen.

Die Tochter trug ihr Kind hinweg, hielt es an die Brust gedrückt, trug in der andern Hand den Koffer mit Kinderkleidern, Bündel und Pakete, eine Flüchtende, die ihr brennendes Dorf verließ, einen unendlichen schnurgraden Weg entlangziehend, über das steinerne Schachfeld ziehend, gleitend rutschend mit ihrer schweren Last, die Flüchtende auf dem Weg, und hinter ihr verschwand die alte Frau, verschwand der alte Mann, verschwanden die rauchgeschwärzten Galionsfiguren.

Einen Wohnplatz finden. Bleiben. Nur nicht mehr dieses wilde Fliehen. Lachen, mit dem Kind spielen. Aber unter dem Lachen, dem Spielen lag Feindlichkeit verborgen. Das Kind war eine Aufgabe, ein Zwang, ein Argwohn. Sie konnte nicht unterscheiden zwischen sich und dem Kind. Das Kind war ihr Widerstand, ihr Zweifel an sich selbst. Mit Anstrengung, unsicher berührte sie das Kind. In den Augen des Kindes sah sie ständigen Vorwurf.

Sie wollte eine Freiheit errichten im Exil, aber ihre Wirklichkeit war zerfließend, sie konnte das Spukhafte, den Fluch nicht loswerden. Sie selbst war das Kind. Sie war es, die wachsen, sich erweitern wollte, und sie war die Zerstörungssucht, die alles, was wachsen wollte, verschlang. Sie schlug auf sich selbst ein. Mußte zuschlagen. Kämpfte gewaltsam dagegen an und konnte nicht anders, es riß sie mit.

Da stand sie bebend vor dem Kind, wollte es an die Wand schmettern, aus dem Fenster schleudern. Sie floh zu Gregor. Der fürchtete sich vor ihrem Entsetzen. Fürchtete sich vor dem, was sie in ihm hervorrief. Er befand sich in einem ständigen Zwiespalt zwischen Rückzug und dem Versuch, Nähe zu erreichen. Wenn die Schönheit ihres Gesichts geschlossen war, verspürte er eine gewisse Sicherheit, aber wenn sie zerbrach, fürchtete er sich vor ihr, dann war sie stärker als er, ihre Züge flammten grausam und selbstsicher.

Er hatte jetzt Zuflucht im Windturm gesucht, hockte da wie in einem Mastkorb, hielt Ausschau. Aber er sichtete keine Küsten, keine Segel, vernahm nur unbestimmte atmosphärische Zeichen, Schattierungen, Dünungen, Bedrückungen. Im täglichen Leben, in diesem unregelmäßigen Spiel von Kräften und Gegenkräften, versuchte er, seine Aufnahmefähigkeit zu steigern, zu einer Gemeinschaft zu finden, während die Magnetnadel ausschlug, plötzlich, den kalten gestaltlosen Polen zu, den weißen Flecken zu in seiner Landschaft. Kurze Gespräche in einem Haus, erbaut aus einem Schutthaufen, und Wanderungen einwärts zu Gebieten, deren Farben, Substanzen, Dimensionen noch nicht entdeckt sind.

Als sie zu ihm hereingestürmt kam, mit ihrer Aufgelöstheit, ihren heimlichen Waffen der Erregung und Verwirrung, versuchte er eine Weile, sich hinter erstorbenen Idealen und Illusionen zu verschanzen, er kroch in sich zusammen hinter Schutzwänden, die sie mit einer Regung der Hand, einem Stoß ihres Fußes umwarf. Besessen von sich selbst, riß sie vor ihm ihre Wunden auf. Verlegen, resigniert sah er ihrem Aufruhr zu, wollte sie besänftigen, merkte gleichzeitig, wie sinnlos solch Beruhigungsversuch war: ihr Revoltieren war berechtigt, es war immerhin besser als seine ängstliche Zurückhaltung. Besser blind seine Angst hinausschreien, als sich in stumme Vernunft zu verbeißen. Mehr und mehr gab sie tiefsten Strömungen nach. Vor ihrem Mut, sich auszuliefern, stand er fassungslos, spürte seine eigene Feigheit. Er bildete sich ein, bewußt zu sein – aber was für Erfahrungen hatte er schon, er hatte nur beobachtet, nie erlebt, er war ein Untersucher, ein Abwäger. Manchmal beneidete er sie, erfüllt von einer dumpfen ziellosen Eifersucht.

Auch aus dem Kind konnte ein Schreck hervorbrechen, ein Schreck aus dem Urgrund der Existenz. Es konnte anfangen zu schreien, nachts, nicht wie sonst Kinder schrien, sondern als schrie das Leben selbst aus ihm, als sollte es von allen Bestien, die das Leben bedrohten, zerrissen werden. Jeder Schrei schnitt sich in Lea ein, sie fühlte, wie das Kind den Operationsschock nach der Geburt wiedererlebte, es war sekundenlang tot gewesen und zum Leben zurückgerufen worden. Später im Licht des Tages verschwand alles auf sonderbare Weise, die trällernde Kinderstimme schien unendlich entfernt von diesem nächtlichen Trauma, dennoch lauerte das Gefährliche in nächster Nähe.

Nachts, wenn das Schreien des Kindes versiegt war, wenn es schlief, mit gleichmäßigen, leicht schnarchenden Atemzügen, sah Gregor in Leas Leben hinein. Er überführte seine eigene Welt in die ihre, träumte den Traum ihrer Vergangenheit. Er sah die schmalen Gassen in ihrer Kindheitsstadt, ihre Worte stiegen auf aus der Verzauberung, schufen gemeinsame Bilder aus dem Schrekkensstarren, Undeutbaren. Schmale Treppen, gescheuert, wasserblank, führten hinauf zu den Haustüren. Auf dem Kopfsteinpflaster die Spazierenden, gekleidet zum Sonntag, zum Märchen, die Männer in schwarzen altertüm-

weiss

lichen Anzügen, die Frauen in weiten gestärkten Röcken, die Gesichter mit runden Backen, blankpoliert, überall Sauberkeit, frischgestrichene Zäune, Duft von frischgebackenem Brot, von Brezeln, Bratäpfeln. Und dann ihr Zimmer – der weiße Kachelofen, auf dem Gesims die Porzellanfigur, die hochaufgerichtete, bewachende, und draußen der Hund, immer der Hund mit seinem Bellen unterm Glashimmel – was für Begierden in diesem Zimmer, was für ein Verderben, sie ist dem Bösen ausgeliefert, niemand darf davon erfahren, niemand darf sie durchschauen, sonst wird sie verbrannt auf dem Scheiterhaufen.

Das Zimmer mit dem offnen Fenster – immer kam jemand durchs Fenster, kam auf sie zu. Was wollte er von ihr? Das Zimmer der Verunstaltungen. Das weiße Kinderzimmer, Sitz der Schuld, und aus der reinen, gerechten Welt draußen kommt die Verurteilung. Sie erinnerte sich, wie sie zu Gott betete, wie sie stundenlang zur Sühne auf dem Boden kniete. Wofür sühnen? Sühnen für ihre Gier nach Leben. Sühnen für die Heftigkeit ihrer Gefühle.

Wenn Gregor in sie hineinhorchte, vergaß er sein Ich, sein Geschlecht. Erlebte sich selbst durch sie. Ihre mißglückte Ehe war die seine, ihre Reisen in fremde Städte waren seine eigenen Reisen, wenn sie Hotelzimmer schilderte, verwirrte Abende in Bars, Liebesnächte ohne Liebe, da war dies alles sein eigen. Er lebte versunken in seiner Aufnahmefähigkeit, es war nicht sie, die er sah, er lebte in seinen eigenen Bildern, die sie heraufbeschworen hatte.

Manchmal fürchtete sie, sie könnte ihn verjagen, mit all dem Zerstörerischen ihrer Welt, sie hatte sich nach außen doch immer so blank und glitzernd gezeigt. Aber je mehr sie von einem neuen formlosen schaurigen Leben ergriffen wurde, desto größer wurde ihr Mut. Sie hatte nichts zu verlieren. Früher war alles ein Kampf nach außen gewesen, alles hatte sie von sich abgehalten, und doch war alles auch Herausforderung gewesen, sie wollte sehn, wie weit sie gehen konnte in ihrer Selbstverleugnung, ständig mußte sie sich beweisen, daß sie alles gewinnen konnte, und sie gewann, um das Gewonnene zu zerstören. Auf Festen hatte sie sich zum wirbelnden Mittelpunkt gemacht, nur um sich dann in einem Rattenloch der Wertlosigkeit zu verkriechen. Sie spürte, wie ihr die Schonungslosigkeit gegen sich selbst Macht gab über Gregor. Er saß fest in einem Schraubstock, ging Umwege, kam nicht heran an Gewaltsamkeit, Vorbehaltlosigkeit. Sie verwirrte ihn mit ihren heftig wechselnden Reaktionen. Es war nichts Beständiges in ihrem Leben, da war nichts, was sie erreicht hatte, aber in ihrem Rausch aus Schmerzen besaß sie mehr, als er je gefunden hatte in der Erhabenheit der Kunstformen.

Er stand in seinem Glasturm. Der schmale helle Aussichtsturm mit seinen Zinnen und Eisenornamenten, der knarrenden Wetterfahne, und die Stadt ausgebreitet in der Tiefe, grünende Bäume, Vogelgezirp, Gehämmer, dumpfes Dröhnen, silbernes Surren eines Flugzeugs, Dampfsirenen vom Hafen. Er wollte schreiben, aber vermochte es nicht. Es drang heran, und es widerstrebte. Die beiden Gesichter des Daseins, wie ließen sie sich verschmelzen? Die helle deutliche Welt, die übersichtlichen Straßen und Gebäude, die Parkanlage mit den weißen Schwänen, die lauwarme Vorsommerluft, Menschenstimmen, der verstehende und ordnende Wille, und die dunkle unerklärliche Bildwelt, die Szenerien dumpfer Abhängigkeiten, unheilbarer Leidenschaften. Das Bewußtsein war wie ein Gift, das die Poesie des Abgrunds zersetzte, er wünschte, er wäre von Dämonen besessen, er wünschte eine Katastrophe des äußeren Lebens herbei, er wünschte, er könnte ganz zum Werkzeug des Traumes werden, aber es war zu spät, sein Forschen hatte schon dünne Kanäle einwärts gegraben, er wußte, was die Triebkraft seiner Arbeit gewesen war: das Fehlende, die Leere, der Schrecken. Er sah, wie das Unverständliche Bilder geweckt hatte, die oft mitreißend waren, die aber nie mehr als Vorspiegelungen werden konnten, ohnmächtig gegenüber den eigenen Impulsen. In den Kunstformen war etwas Beschwörendes, man errichtete ein Totem aus Bildern, um Macht zu gewinnen über eine verborgene Naturkraft in sich selbst, mit der Kunst machte man sich zum illusionären Herrn über etwas, das sich nie meistern ließ. Dieses Vorhaben besaß eine gewisse Monumentalität, es war Selbsthilfe in einer verzweifelten Situation. Man wußte nicht, was man da aus sich herausgehoben hatte, man hatte einen Traum geträumt, zu dessen Deutung man den Schlüssel nicht besaß, man hatte dem Traum künstlerische Werte abgewonnen, doch kannte nichts von diesem Spiel aus Impulsen, Störungen, Erinnerungen und Wünschen, das den Traum heraufbeschworen hatte. Es hieß, es sei gleichgültig, ob man verstand oder nicht, irgendwo im Innern war das Verständnis doch vorhanden, die Hauptsache war, daß man weiter seine

Zeichen schuf, seine Hieroglyphen für eine unwirkliche Lage, daß man kurze Eindrücke, Wahrnehmungen wiedergab, mitten in der Ausweglosigkeit. Diesen Zeichen gegenüber stand er als ein Fremder, etwas in ihm hatte sie hervorgebracht, sie vermittelten das Krankheitsbild, wie aber war diese Krankheit beschaffen, wie sahen die Bazillen aus, von wo waren sie in ihn eingedrungen?

Nie hatte ihm die Arbeit Befriedigung gegeben. Sie war nur eine quälende Suche rings um den Krankheitsherd gewesen. Wenn er je an die entstellte gebundene Kraft in sich herankommen wollte, so mußte er zuerst die falschen Voraussetzungen seiner Arbeit wegschneiden. Mußte den Schnitt wagen, in seine Produktivität hinein, mußte das Kranke opfern, seinen einzigen Halt.

Vielleicht gab es völlig neue Ausdrucksformen unter der Verfilztheit. Er war ein Untergehender, ein Sterbender, es war eine Kultur, die in ihm starb. Er war ein Wrackstück, doch ausgerüstet mit eigenem Willen. Es galt, diesen Willen auszunutzen, zu akzeptieren, daß man fallfertig, verfault war, es galt, seinem menschlichen Zusammenbruch nicht auszuweichen, ihn durchzustehn und sich dabei gleichzeitig zu revidieren, die Motive der Furcht, des Hasses, der Destruktivität verstehen zu lernen. Es war schwerer, Klarheit zu suchen, als im Dunkel zu leben. Doch wenn etwas ihn auch ständig hinabziehen wollte, mußte er den Weg des Bewußtseins fortsetzen. Dies teilte er mit Lea, sie befanden sich beide in einer menschlichen Übergangsphase, in einem kollektiven Dunst aus Schmerz und Drang nach Verwandlung. Ihre Gemeinsamkeit lag auf einer anonymen Ebene. Sie lebten zusammen, um im andern

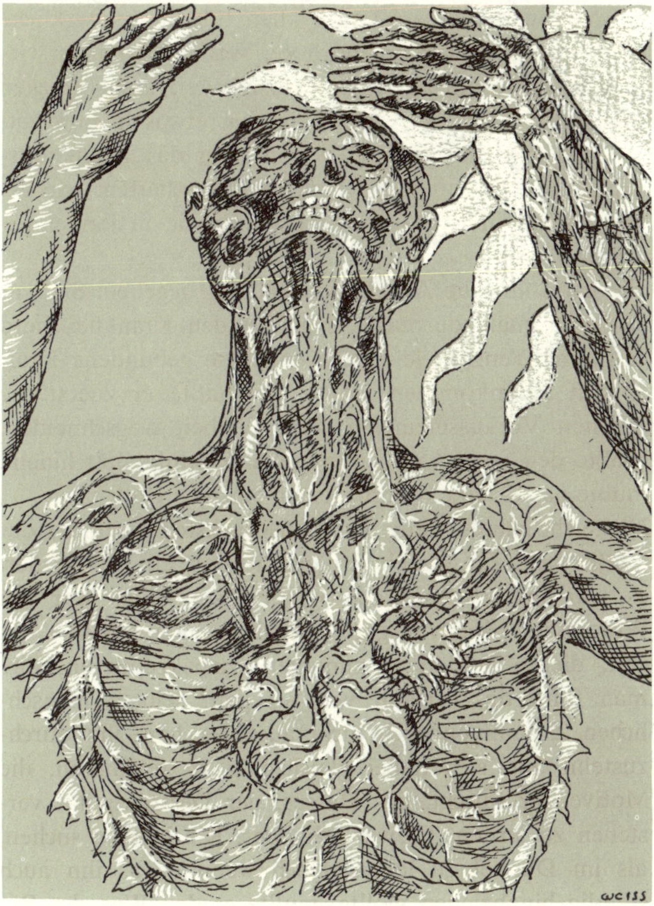
weiss

die verletzbarsten Punkte zu finden, sie lebten miteinander, um ihr altes Ich zu töten.
Er verfolgte das Spiel der gegensätzlichen Kräfte in sich, er verfolgte die ständigen unübersehbaren Verschiebungen, wurde von gänzlich neuen Empfindungen mitgerissen, wurde hereingesogen in Zusammenballungen aus Aufruhr und Hingabe, elektrifiziert von der Nähe eines andern Menschen. Dies war etwas Neues in seinem Leben – und gleichzeitig war es etwas sehr Altes, etwas, das tief in ihm versunken war und da verkrüppelt und schmerzend gelegen hatte.
Stehend in seinem Glasturm, Leuchtturm, versuchte er, an seinen Ursprung heranzugelangen. Das Licht zerteilte seine Gedanken prismatisch, das Kristallicht blendete ihn. Noch wollte er an sich herankommen mit Logik, mit alten Erfahrungen. Seine Gedanken waren in Glas geschnitten. Im durchstrahlten Gefängnisturm war er zersplittert, gebrochen von scharfen Spiegellinien, seine gewaltsame Anstrengung war mehr noch eine Anstrengung, dagegen anzukämpfen. Nicht Anstrengung würde ihn weiterführen können, sondern Verzicht auf Anstrengung. Sein Organismus geriet in ein Zittern unterm grausamen Lichtkranz der Fenster. Was wollt ihr von mir, ihr verfluchten forschenden Augen, warum winde ich mich unter euerm prüfenden Blick – was sind das für Lügen, die sich unter den Konvulsionen verbergen? Was rührt sich so erschreckend in mir, daß es nicht aufgedeckt werden darf?
Er riß das Fenster auf, ließ die weißen Blätter hinausflattern wie Vögel, Eisvögel, Sonnenvögel, sprang die klappernde Treppenspirale hinunter, locker waren Geländer und Eisenstufen, Mörtel umstäubte ihn, er

wünschte, dies ganze eiserne Gerüst möge unter ihm zusammenfallen.

Im gedämpften, warmen Mittagslicht lag sie auf dem Bett und lauschte den Atemzügen des schlafenden Kindes. Die Zeit, die Lebenszeit war eine zähe undurchdringliche Gummimasse. Sie befand sich weit hinter dem lebendigen Augenblick, nie konnte sie sich selbst einholen. Sie kroch und kroch aus dem Vergangenen hervor, arbeitete sich aus dem Alten heraus, sie ging und ging und kam nicht von der Stelle.

Das Kind ruhig. Endlich. Würde bald aufwachen. Schreien. Nach ihr verlangen. Angst vor ihr haben. Warum hatten alle Angst vor ihr? Warum erschreckte sie alle? Warum haßte sie das Kind? Wollte sie es vernichten, weil sie sich selbst hatte vernichten wollen? Sah sie im Kind sich selbst? Jetzt war es, als wäre ihre eigene Mutter in ihr. Das war erschreckend, es flößte Ekel ein, den Griff der Mutter in sich zu spüren. Sprachrohr der Mutter zu sein.

Das weiße Schaukelpferd starrte sie an. Wo stand das Schaukelpferd? War das ihr weißes Zimmer? Waren draußen die kleinen Zuckerbäckerhäuser? Bellte der Hund? Glockenläuten?

Die warme Luft lag auf ihr wie ein Berg. Alles in ihr war aufgerissen, und nichts hatte sie gefunden. Und über ihr im Turm Gregor. Sie haßte diesen feierlichen Namen. Gregor im Wachtturm, durch die Scharten starrend wie ein Kauz. Sie selbst im Exil. Liegend in der Hitze des Flüchtlingslagers. Wartend, weggetrieben zu werden.

Und dann dieses Verlangen. Jemand, der sich über sie

beugte, jemand, der sich ihrer bemächtigte, der sie wegtrug. Jemand – irgend etwas, wovor sie vergehen könnte – sie war nichts, nichts, ihr Leben verfehlt, zerstört – trotzdem hob jemand sie empor, trug sie für immer.
Seine Schritte auf dem Steinweg. Schritte, die weh taten. Das Gegenwärtige wollte sich einbrechen in ihr Wüstendasein. Sie streckte den Arm aus, stellte den Zusammenhang her mit dem festen Raum. Griff nach der Nagellackflasche, dem kleinen Pinsel, bemalte ihre Fußnägel, versunken in zweckloser Andacht. Der säuerliche Karamelduft der farbigen Flüssigkeit verbreitete sich im Zimmer.
Er, dort vor ihr, was wollte er von ihr? Beschmutzt von Kalk, von Steinstaub. Hatte er einen noch höheren Turm erbaut? Und der andere, der Kloakenarbeiter, wie komisch sie waren. Und sie hier mit ihren Farbnäpfen, mit ihren roten Nägeln. Und die Atemzüge des Kindes. Wieder die Müdigkeit. Nie würde sie durchhalten können. Sie legte den Pinsel weg. Neben den weißen spitzen Hundezahn. – Ich gehe. Ich gehe von dir. Ich will frei sein.
Sein Gesicht erbleichte, verschwamm.
Du liebst mich nicht. Du wirst es leichter haben, wenn ich gehe.
Er warf sich vor ihr nieder, preßte sein Gesicht in ihren Schoß, in unaussprechlicher Furcht vorm Alleinsein. Reißende Ströme in ihm, ein eingesperrtes Meer suchte nach einem Ausweg, zersprengte die Dämme der Augen. Ihre Hand glitt auf und ab in seinem Haar. Leere. Der warme Nachmittag. Die Stadt hinter den blauen Gardinen. Straßenbahnen. Automotoren. Kinderstimmen aus dem Park. Bald wacht Gerd auf. Mit ihr spazierenge-

hen. Schwäne im Park. Gerd lachend, im Gras spielend. Gerds eigenes Leben. Und das Leben, das sie in ihr lebte.
Während er über ihren Knien weinte, reiste sie. Immer reisten sie, jeder für sich, durch wechselnde Landschaften. Manchmal begegneten sie einander auf zufälligen Stationen, dann ging es wieder weiter, durch Düfte, unbekannte Gegenden, aufgerührte Elemente, als ihre Blicke sich wieder trafen, spiegelten sie transozeanische Welten.
Während ihre Hände sich in seinem Haar bewegten, war sie selbst abwesend. Jetzt war er die See, und sie war der Turm. Sie stieg aus ihm auf. Sie hatte sein Geschlecht überwunden. Sie glitt in einem schmalen Kanu dahin – es war etwas aus einem Film, an den sie sich erinnerte – eine junge Frau, heiliggesprochen, wurde vom Obersten Priester aus dem Dorf geführt, über das Meer gebracht, um auf einer entlegenen Insel ausgesetzt zu werden, und er, der sie liebte, schwamm hinterher, klammerte sich ans Tau, das vom Boot herabhing, und der alte Mann beugte sich nieder, beugte sich über sie, zerschnitt das Tau mit seinem Messer, und er im Wasser blieb zurück, sie sah, wie er mehr und mehr ermattete, sie sah, wie er versank, das letzte, was sie sah, war seine Hand, die sich aus dem Wasser hob.
Jetzt sprach er zu ihr durch das Wasser. Was wollte er? Was konnten Worte noch ausrichten? Er stammelte, merkte selbst, wie nichtssagend, überflüssig diese Worte waren. Wovon sprach er? Davon, zusammenzubleiben, fortzusetzen, nicht aufzugeben. – Würde es dir leichter fallen, wenn du wüßtest, daß ich einen andern liebe!
Er sank. Sank langsam herab vom schwarzen Granit-

berg. Siegend stand sie auf der nebelverhüllten Bergspitze. Der Abgrund fing ihn auf, weich. Du sicherer Bergsteiger, so voll Vertrauen an deinen Begleiter gebunden, was wußtest du von ihr, wie konntest du dich auf ihre Nähe verlassen, auf das Seil, das euch aneinander hielt, was wußtest du von ihren Absichten?
Er starrte hinauf zum steilen schwarzen Felsen, auf dem sie hinter Wolken auf den Bergadler wartete.

Von allen Seiten den Geräuschen des Hauses ausgesetzt. Was vernimmt man von mir auf der anderen Seite der Wand, überlegte er. Er dachte sich seine Wohnung, als würde er sie sich von den Räumen der Nachbarn aus vorstellen. Hinter der einen Wand wurde ein Familienfest gefeiert, er saß zwischen den Lärmenden, blickte von Gesicht zu Gesicht, horchte in sein eigenes Zimmer hinein, das still war. Hinter einer anderen Wand, neben einer Frau, die ihre Wäsche bügelte, horchte er in sein Zimmer hinein, hörte, wie der Boden knarrte, hörte, wie der Bewohner des Zimmers atmete, wie er einen Stuhl rückte, das Bügeleisen neben ihm glitt über die Wäsche hin und her. Zwischen andern, die am Radio einer Reise zum Mond zuhörten, richtete er seine Aufmerksamkeit auf sein eigenes Zimmer hinter der Wand, das Raumschiff befand sich auf dem Weg, er hörte das eigentümliche Dröhnen der Atmosphäre um den Stahlkörper und gleichzeitig Schritte im Nachbarraum, seine eigenen Schritte. Auf dem Weg zur kahlen gefrorenen Mondlandschaft dachte er sich das unsichtbare Zimmer hinter der Wand, in dem jemand auf dem Parkettboden hin und her ging. Durch die Decke, aus einem Zimmer, in dem Mädchen tanzten und einander Kleider vorführten, die sie aus der Garderobe geholt hatten, sah er auf sich hinunter, er, der da unten ging, zündete sich eine Zigarette an, das Geräusch des Streichholzes war zu hören, er näherte sich ihm da unten, während die Mädchen lachten und sich in die prächtigen Kleider hüllten, die zu groß für sie waren. Dann war er zwischen den aufprallenden Zelluloidbällen, die durch den Fußboden seines Zimmers zu hören waren, die weißen Bälle prallten hart auf den Spieltisch, wurden vor und zurück geschlagen, vor und zurück, und da oben stand einer still und lauschte.

Er da oben, er war seit mehreren Tagen nicht mehr zur Arbeit gegangen, hatte seit mehreren Tagen nicht gegessen, hatte kein Geld mehr, die Miete war nicht bezahlt. Er stand am Fenster, es war dunkel im Zimmer, die Geräusche des Hauses umsurrten ihn, Wasser spülte, Telefonglocken läuteten, Rufe flogen von Zimmer zu Zimmer, Notrufe, Antwortrufe, irgendwo kochte der Kaffee über, im Treppenhaus öffnete jemand die Klappe zum Müllabwurf und Papier und Blech fielen rasselnd herab. Sein Gesicht war an die Fensterscheibe gepreßt, oben von der Dachrinne waren knirschende Schritte zu hören und ein hartes Krachen, ein Schrei, im nächsten Augenblick flog ein dunkler Körper an ihm vorbei, während des Bruchteils einer Sekunde begegnete er einem vorbeihuschenden entsetzten Gesicht, dann das schwere naße Aufklatschen unten auf dem Pflaster. Er beugte sich aus dem Fenster, sah wie man den Gestürzten wegtrug – war er es selbst? – Er dachte an dieses Gesicht, es war ohne Individualität, drückte nur Schrecken darüber aus, daß es aus allen Zusammen-

hängen fiel. Nein, das war nicht er, er war am Leben. Leben. Was war das – Leben?
Später war er in einem Restaurant. Wußte nicht, wie er hierher gekommen war. Ging zwischen den Tischen herum, in der gedämpften Beleuchtung, tat, als suche er jemanden – suchte er nicht wirklich jemanden, hatte er sich nicht mit jemanden verabredet? Er starrte sie an, die hinter ihren Tassen, ihren Gläsern saßen, die halblaut miteinander sprachen, er sah kleine silbern blinkende Münzen auf dem Boden, er tat, als hätte er sie verloren, beugte sich nieder, fiel auf dem Boden in die Knie, sammelte die Münzen ein. Es war, als hätte er das früher einmal erlebt, er wußte nicht wo, vielleicht in einem Traum. Er saß auf dem Boden und seine Finger glitten durch Sandkörner und Staubflocken und tasteten nach den Groschen, einige waren dünn und aus Blech, Spielmarken, Spielzeuggeld, und die Füße unter dem Tisch rückten zur Seite, scharrend und massiv. Er kroch von Tisch zu Tisch, ringsum lachte man, die Serviererin faßte ihn an die Schulter und fragte, was mit ihm sei. Ich habe mein Geld verloren, sagte er und merkte jetzt erst, daß er die Aufmerksamkeit des ganzen Lokals geweckt hatte. Verlegen, rot im Gesicht, stand er auf, steckte das Geld in die Tasche. Verschwand.

Plötzlich war alles unter Zucker verschüttet. Sein Arm hatte die Zuckerschale auf dem Tisch umgestoßen. Seine Augen, noch halbblind nach der Attacke des Weinens, sahen die rinnende weiße Lava des Zuckers auf den Kleidern, auf dem Teppich. Zucker knisterte unter den Füßen. Er holte den Handbesen, die Schaufel. Sein Gesicht brannte, es siedete im Hals. Er kniete auf dem Boden, sie saß noch auf dem Bett, mit den Armen um die Knie. Er kehrte den Zucker zusammen, ging mit dem Teppich zum Fenster, schüttelte den Zucker hinaus. Der Zucker knisterte unter den Füßen wie Meersand. Kleine graue Zuckerhaufen, auf dem Boden verteilt. Er fegte unterm Bett zwischen ihren Schuhen, roten, gelben, braunen Schuhen, er trug die Schaufel, voll von Zucker, hinaus.

Seine Hände waren klebrig, seine Haare, seine Kleider gezuckert. So ging er durch den Zementkorridor, an Zementwänden und Zementsäulen entlang zum Tor. Draußen auf der Straße die Abendluft wie ein Bad. Er wischte sich die Hände am Gras ab, ging durch die Vorstadt zur Landstraße, spürte nur den Rhythmus seiner Schritte, über den Feldern begann die Luft von einem feinen Sprühregen zu vibrieren.

Er folgte dem Takt seiner Schritte, er wurde vom Rhythmus in die Dämmerung, in den Abend getragen. Bäume glitten langsam an ihm vorbei, Kornfelder glitten trächtig duftend vorbei. In sich versunkene Häuser glitten vorbei im Regendunst. Ein Lastauto tauchte hinter ihm auf, ein riesiges schnaufendes Tier. Der Fahrer fragte, ob er mitwolle. Er stieg auf, saß im Führerhaus neben dem Mann in der Lederjacke. Das Pendel wischte hin und her auf der Windschutzscheibe, der Motor sang, die Scheinwerfer legten den Weg vor sie hin, die Milchstraße durch nichts.

Eine Kraft wuchs in ihm, die Kraft, die ihn mit dem Zimmer verband, das er verlassen hatte. Das Zimmer hatte eine Forderung an ihn, die sich immer stärker in ihm geltend machte. Das Zimmer hing hinter ihm

wie ein Magnet. Er mußte umkehren. Zwischen den mächtigen weitverzweigten Eichen am Weg verließ er das Auto und ging durch den sickernden Regen zurück. Eingesponnen in das eintönige Rieseln, eingesponnen in sein Lebensmuster. Zurück zum Engel, mit dem er rang. Schon unter den Flügeln des Engels. Flügelschläge rings um ihn. Regensausen, Gedankensausen. Wovon will ich mich befreien? Was will ich erreichen? Ich, untergehend in einer untergehenden Kultur. Wofür kann ich noch kämpfen, in einer zerbrechenden Welt? Gib nach, weich aus, laß dich sinken. Nein, kämpfe, schneide, schneide. Suche Klarheit, Verstehen. Kann nie mehr erreichen als noch größere Unruhe, noch bewußteren Schmerz. Lebe in deiner auseinanderstürzenden Welt. Nein, baue, baue aus Bruchstücken. Lebe für den neuen Menschen in dir, den, den du ständig erschaffst. Nein, ich bin immer der gleiche, immer der alte, der Kranke, der Zerstörte. Nein, du schöpfst Neues, du wirst durchhalten.

Da er die Landstraße entlangging, eingehüllt ins Spinngewebe des Regens, nahmen unzählige Gestalten in ihm Leben an, früher hatte er nur aus Ideen, aus Grübeleien bestanden, jetzt regten sich Wesen in ihm, füllten ihn mit ihrer Vergangenheit, ihrer Zukunft, seine Gedanken waren Gesichter, Körper, Hände, er sah Münder, die nach Worten suchten, er war mitten in einem Drama von Beziehungen – aber plötzlich war das Zimmer wieder da, das Zimmer mahlte, strahlte ein auf sein Zwerchfell, war drinnen in seinem Zwerchfell, kantig, vielwinklig. Sie in seinem Zimmer liebte einen andern. Wer war der andre? Gab es ihn? War es nur ein Gedanke – so wie sein toter Vater ein Gedanke war? Der

Vater kalt, wachsgelb, die blau geäderten Hände auf der Brust gefaltet. Schuld und Zuneigung. Unterwerfung, Verzeihung.
Verzichten auf sie, sie dem andern überlassen, diesem andern, das mächtiger war als er. Das scharfkantige Zimmer schnitt ihm bei jedem Schritt ins Zwerchfell. Sie in den Armen des andern, ihre Nacktheit, die umschlungenen Körper, ich hör' sie schluchzen, stöhnen, hör' ihre schmeichelnden Worte – es gilt nicht mir, es gilt dem andern – ich sehe ihre Hände auf seinem Rücken, ihre gehobenen Knie, ihre Schenkel, die sich spannen, sich dem andern entgegenstrecken. O Regen, spül mich weg!

Der schwarze Felsen. Er hob sich an der glatten Fläche hinauf, jetzt toste der Regen, er kletterte hinauf durch einen Wasserfall, das Gesicht zurückgebogen, spähend durch die dröhnenden Kaskaden zur Höhe, auf der sie sich befinden mußte. Seine Hände klammerten sich an schmale Vorsprünge der Steinwand, seine Füße tasteten nach Halt, glitten ständig zurück, so hing er in der Leere, überströmt von herabziehender Kraft. Stein unter den Fingerspitzen, der naße Körper schabend an Stein, seine Muskeln geladen mit zornigem Willen. Er wollte hinauf, er wußte, er würde hinaufkommen, er kämpfte sich vor, Zentimeter für Zentimeter.
Er hob sich durch eine Welt von Märchen, hinter ihm lag der Zauberwald, mit Irrlichtern, Hexen, er erinnerte sich an die großen Bäume, die er erklettert hatte, an die Vogelstimmen, die verlassenen, überwachsenen Städte in der Tiefe des Waldes, an die Fabeltiere, den

Ritter mit seinem Gefolge, die hellblauen Klänge seines Ritts durch den Wald, an die Burg mit der herabgelassenen Zugbrücke, den Hufschlag der Pferde auf der Brücke, die großen Säle der Burg. Er erinnerte sich an die Erdhöhlen, in denen sein nackter Körper am feuchten Lehm entlanggestrichen war, erinnerte sich an die Ziegelfabrik und den Vater, an die Hitze der Brennöfen, die verbrannten Felder, die Kiesgrube, die Tongruben, die Förderkörbe, alles hatte einen Klang von Rost, Dung, Schlächterei, Peitschenhieben. Er erinnerte sich an die Horden, die um die nächtliche Ortschaft gestürmt waren, erinnerte sich an seine Kammer, an die Laute aus dem Schlafzimmer nebenan. Beharrlich kletterte er am steilen regenglatten Felsen empor.
Wie war ihr Reich dort oben auf der Spitze des Berges, zwischen Klippen und Vögeln, wie lebte sie dort? Würde sie Steinblöcke auf ihn hinabwälzen? Würde sie ihn einfangen lassen?
Sie sah, wie er sich ihr näherte, sie sah sein Gesicht ihr entgegengehoben. Sie lag versteckt in der Brustwehr der Steine, sie sah seine Finger, mit spitzen Knöcheln in die Felswand geklammert, langsam zu ihr emporkriechend, sie hielt einen Stein in der Hand, um auf diese sehnigen harten Finger einzuschlagen, auf diese Finger, die nach ihr greifen wollten. Sie dachte an das knirschende Geräusch, wenn sie seine Finger zerschlüge, dachte an seinen abstürzenden Körper. Hinter ihr regten sich die großen Vögel, Adler, größer als Menschen, sie hatte ihre irdische Gebundenheit überwunden, sie war ein Geisterwesen, nur ein Übermenschlicher noch würde sie gewinnen können. Sie hob den scharfkantigen Stein und schlug auf die Hand, die sich suchend und doch

schrecklich sicher in ihre unmittelbare Nähe geschoben hatte. Aber seine Hand war stärker als ihr Schlag, obwohl Blut aus den zerborstenen Fingern lief, hielten sie sich an der Kante der Klippe, Gesicht, Hals, Oberkörper kamen näher, die ausgestreckten Arme stemmten den Leib über den Steinwall, und sie wich zurück.
Wich ins Zimmer zurück, nahm ihn entgegen, spürte die Schwere seines nassen Körpers auf sich.

Die Erdkugel im Raum schweben zu sehn. Und den weißen Boden des Mondes, der näher kommt, mit weißen Häusern, weißen Bäumen und Hügeln. Und die Landung auf der Ebene, die von der weißen Bergkette umringt ist. Gelandet auf dem Mond, er blickte zum schwarzen Himmel auf, an dem die Erde diesig schwamm. Weiße Menschen kamen auf ihn zu, blickten ihn an mit durchsichtigen Gesichtern. Es war das Licht, das alles so weiß machte. Im Grunde hatte alles Farben, starke wechselnde Farben, es war nur das Licht, das sie auslöschte. Er ging durch einen weißen Garten in das Innere eines weißen Hauses, und durch das Fenster konnte er die Erdkugel sehn, sonderbar nah. Am weißen Tisch im weißen Zimmer wurde von alltäglichen Dingen gesprochen, er war hier zu Hause, zu Hause auf dem Mond. Nur das weiße Licht war fremdartig, beunruhigend, jetzt wurde es so stark, daß alle Konturen, alle Formen zerschmolzen, und dann schlug es gleichsam um: alles nahm Farbe an, das Zimmer, die Möbel, er stand vom Bett auf, taumelte über den Parkettboden zum Badezimmer, die Geräusche des Hauses waren um ihn.

Auf dem Weg zum Arbeitsplatz dachte er, es ist doch viel zu spät, und ich bin so lange nicht mehr dagewesen. Als er hinunter zum Lagerraum kam, saß jemand an seinem Schreibtisch, gab Befehle an die Laufjungen, diktierte dem Mädchen an der Schreibmaschine einen Brief. Die Finger, die auf den Tasten tanzten, hielten inne, als er in den Raum trat, das gepuderte Gesicht mit dem kleinen herzförmigen Mund starrte ihn erstaunt an. Sie sollen zum Chef raufkommen, sagte der rote Mund. Der hinter dem Schreibtisch erhob sich, trat auf ihn zu, begrüßte ihn, sagte, du siehst ein wenig abwesend aus, erkennst du mich nicht? Natürlich erkannte er ihn, den Mitarbeiter aus einem früheren Leben. Alles erkannte er, er kannte alle beim Namen, aber es war viel Zeit vergangen, seitdem er zuletzt hier gewesen. Du weißt wohl, daß ich es bin, der jetzt – sagte der andre, und der Eingetretene unterbrach: Natürlich, ich weiß, ich bin ja so lange weg gewesen. Der Chef wartet auf dich, sagte der andre. Ja, ich geh' zu ihm hinauf, antwortete er.
Ich konnte nicht kommen, sagte er zum Kapitän, der einer vibrierenden Maschine gleich vor ihm im Kommandoraum stand. Er fürchtete sich nicht vor dem Beben und heftigen Puffen der Maschine. Er hielt sich auf Abstand zu den hackenden Metallarmen der Maschine, fragte: Ist im Packraum noch ein Platz frei? Die Maschine glänzte und blitzte vor Gelächter.
Er fühlte sich ruhig, geborgen, nachdem er als Packer angestellt worden war, es gab keine Anstrengung mehr in seinem Leben, er begab sich zum Packraum im Keller, in dem er sich beschäftigen würde mit Kästen aus brauner Pappe, mit braunen Papierrollen, mit Schere

und Schnüren, mit geregelten Bewegungen, eingeordnet in das Schema der Stempeluhr.
Die Waren, die in die Kästen gepackt wurden, die Hand, die über das Papier strich, die Schnur, die sich um das Paket wickelte, die weißen Zettel, die aufgeklebt wurden, der Karren, der hinaus zum Lastwagen gerollt wurde, Geschehnisse in einem regelmäßigen, nie unterbrochenen Strömen, die Stimmen der Packarbeiter, der sichere, bemessene Takt ihrer Worte, ihre kräftigen Arme und Rücken unter den blauen Blusen – er selbst aus einem andern Dasein hier hereingeboren, in den hellen Nächten sah er die Erdkugel ballongleich, durchsichtig im Raum rotieren.

Aber auch das war nur eine Vorbereitung für etwas andres. Er war zum Schlußpunkt in sich gesunken, deshalb sah er alles, was rings um diesen Punkt lag, als etwas Zufälliges, Fließendes, er trug seine Bestimmung in sich. Er blieb bis auf weiteres im Packraum, dieses Bis-aufs-Weitere tönte in ihm, während seine Hände ständig die gleichen Bewegungen vollführten, um das knitternde Papier und die rauhen Schnüre.
Vielleicht war dieses Bis-aufs-Weitere das Thema, das über seinem ganzen Leben stehen würde. Er war nicht gleichgültig, er sah klarer als je zuvor, er sah, wie die andern lebten, sah es ohne Teilnahme, doch nicht gefühllos, für ihn war alles nur anders. Das Sinken, die Versunkenheit war in seinem Blut. Aber manchmal konnte eine gewaltsame Atemnot in ihm aufsteigen, es war, als wäre er am Ersticken, da dehnte er die Lungen, bis sie fast zersprangen.

Einmal hatte er in seinem nächtlichen Zimmer gelegen und nicht gewagt zu schreien. Es war der Ruf nach ihr, die ihn geboren hatte, den er unterdrückte. Erst jetzt drang der Ruf hervor, der während seines ganzen Lebens in ihm gesteckt hatte wie ein Geschwür.
Jetzt endlich war es geborsten, diese ganze Erstarrung, dieser ganze Zwang, diese ganze Furcht, sich auszuliefern. Endlich geht deine Würde zum Teufel, endlich stürzt du zusammen unter der Last deines Verrats an dir selbst. Wie hast du gelebt – welche Armseligkeit, welche Verödung!
Er sah sein Leben in Stücke gehn, er warf sich vor sie hin, die ihn entbunden hatte. Sie hatte ihn gestürzt, ihn unterminiert mit ihrer steten pochenden Gegenwart, hatte ihn gefällt, mit einer kleinen Geste, die andeutete, daß sie ihn verlassen würde. Ihr Sieg war vollständig. Sie hatte die Grundsituation wiederhergestellt, die einmal sein Leben bestimmt hatte.

Seine Gedanken waren aufgelöst, stammelnd lag er vor ihr, die ihn unerbittlich von sich abhielt. Sie war aus Diamant, hoch erhob sie sich vor ihm, unerreichbar, einem andern gehörend.
Er lief durch die ausgeräumten geröllstaubigen Fabriksäle, in denen einmal Arbeitsgeräusche gehallt hatten, sein Turm war zerfallen während der Herbststürme, dort lebten die Vögel jetzt, die Fledermäuse, das Schneewasser sickerte durch die Risse im Boden, tröpfelte die rostige Spiraltreppe hinab.

O dies alte Haus, er irrte die Treppen auf und ab, hockte in namenloser Furcht im Keller am Heizofen, in der Kohlenkammer, schlich hinaus zu den Ziegelöfen, wo Männer mit rußigen Gesichtern kleine Karren vor sich herschoben, dicker Rauch lagerte sich über der Talmulde. Ich liege im Lehm an der Kiesgrube, über mir rasseln die Förderkörbe, beladen mit Ziegelsteinen, Raben fliegen durch den Nebelrauch, kreischen heiser, und hinter den Hügeln rollt die Eisenbahn. Hörst du den Hammerschlag auf dem Stein? Ewig klingen die Ziegelsteine. Die Stahldrähte der Seilbahn surren – nein, das ist der Wind in meinen leeren Blechdosen, der Wind in meinem leeren ausgestorbenen Haus. Du, wo bist du, nimm mich auf!

Doch als er die Tür zum Zimmer wiedergefunden hatte, mit einem Hunger, der nie gestillt werden könnte, war alles wie früher, sie saß da mit dem Kind, mit ihrer eigenen Welt. Wie du aussiehst, ich erkenn' dich nicht wieder, wie du mich erschreckst!

Dich erschrecken. Ja, ich werde dich erschrecken, dich mit meiner Liebe erschrecken. Ich bin von dir besessen, dir opfre ich alles, was ich zurückgehalten habe, ich opfre es, weil ich jetzt weiß, daß du es nie vergelten kannst, ich opfre es dir, weil ich es jemandem opfern muß, der mich nicht erhört. Alles, was ich jetzt tue, mein ganzes wahnsinniges Stammeln, richtet sich an einen Abgrund, in dem es keine Gnade gibt. Dir lade ich dies alles auf: meinen Haß, meine Verzweiflung, meinen Schrecken vorm Alleinsein. Und du mußt mich von dir stoßen, mußt mir zeigen, daß du mir nicht gehörst.

Nein, das ist alles Lüge, ich sehe dein Gesicht hinter

der Medusenmaske, ich will heran an dich, will durch die Entstellungen hindurch, dich erreichen. Sag nicht, es sei zu spät, warte auf mich, bis dies vorbei ist, bis ich mit meinen eigenen Augen sehen kann.
Aber sie sprach jetzt nur davon, daß sie gehen wollte. Sie war hier wie in einem Gefängnis. Wie hatte sie so lange hier leben können? Sie träumte von ihren eigenen hellen Zimmern, sie träumte vom Strand am Meer, von der Sonne, dem neuen Frühling. Für sie war es, als wäre ihre Mission beendet, jetzt, da sie ihren Gegner besiegt hatte, seine Todeszuckungen ekelten sie, sie wollte sich wegtragen lassen.
Bleibe, bleibe! Wie kannst du diese Kraft aufbringen, einfach aufzustehen und diesen Raum zu verlassen, um nie mehr zurückzukommen?
Ich werde es dir zeigen, Freundchen, werde dir mein Geheimnis zeigen, meinen Operationstisch zeigen, auf dem ich liege, mit dem Messer im Leib, und selbst schneide, ohne Narkose. Nichts weißt du von mir, nichts, nie würdest du meine Wirklichkeit ertragen können.
Ich will es nicht sehn, will nichts davon wissen! Sie aber hatte schon die Tür geöffnet zum Zimmer, in dem sie sich mit dem andern befand. Sie lag ausgestreckt auf dem Rücken und er saß hinter ihr, ein undeutliches gealtertes Profil, einer heidnischen Steinskulptur ähnlich. Ihr Körper war gespannt, hob sich in einem wilden Begehren, ihre Arme ausgebreitet, die Beine gespreizt. Da war er, der Übermann, da war er, dessen Gegenwart ihn von der Erde tilgte. Ihm streckte sie sich entgegen, ihn wollte sie zu sich herabziehen, für ihn siedete ihr Blut. Er stand gefesselt an der Tür, war Zeuge, wie

sie ihre Liebe zum andern hinausschrie. Er war geschlechtslos, funktionslos, der andre war mächtig, brauchte sich nur über sie zu beugen und die Willenlose zu nehmen, sie auf seinen schwarzen Granitfelsen zu tragen.

Wie fühlst du dich, Freundchen, hast du immer noch Verlangen nach meiner Nähe? Willst du immer noch deinen schmächtigen Kinderleib an mich drücken, die ich gezeichnet bin von den Schwingen des Adlers?

Er lief durch ein rotes Meer, durch ein violettes Meer, ein schwarzes Meer. Er sah die Mutter, sie hatte einen Wolfskopf und riesige, harte Brüste, die sich ihm entgegenstreckten. Er griff nach den Brüsten, deren Warzen starr wie Eisenschrauben standen und aus denen Schlangenzungen hervorstießen, ihn leckten, ihn umspielten. Ja, er wollte sich von ihr verschlingen lassen, wollte sich von ihrem Gift durchtränken lassen.

Die Alte, ich muß sie sehn, muß sehn, ob sie ein Mensch ist, muß sehn, ob sie lebt, ob ich lebe!

Er fand sie im einsamen Herrenhaus, Schnee lag über den Kiesgruben, über den Ruinen der Ziegelbrennerei. Ihr Geist war verwirrt, aber es war der Geist eines Menschen, sie erkannte ihn nicht, nahm aber den fremden Wanderer auf, der sich in der winterlichen Wildnis verirrt hatte. Ich werde meinen Mann, meine Kinder rufen, sagte sie, und wir werden ein Fest zu Ihren Ehren feiern. Sie öffnete das Fenster, Schneewolken wirbelten auf sie ein, sie rief die Namen ihrer Kinder und den Namen ihres Mannes hinaus in das Schneetreiben, und die Namen wurden aufgeschleckt von den weichen Zungen der Flocken. Sehen Sie das große Werk, sagte sie zum Fremdling und zeigte über die schwarzen Gemäuer, sehen Sie, wie da gearbeitet wird, wie unser Reichtum wächst, sehen Sie den Rauch von den Schornsteinen. Und in der Stille hörte er die Hämmer klingen auf den Ziegelsteinen, hörte die Wagen auf den Schienen rollen, hörte, wie Kohle in die Öfen geschaufelt wurde. Mutter, sagte er, siehst du denn nicht, wer ich bin. Abwesend schloß sie das Fenster, ging in die leere Diele hinaus, klatschte in die Hände, rief, ein Gast, wir haben einen Gast! Und die Stimme schallte durch das Haus. Wir werden den Tisch im Eßzimmer decken! Wir werden Wein vom besten Jahrgang trinken! Kommt alle zu Tisch!

Sie saßen am leeren Tisch, tranken Wasser, aßen Brot, sie sprach mit ihren Kindern, mit ihrem Mann, gab dem Diener Befehle. Mutter, sagte er, du lebst und ich lebe. Manchmal sprang sie auf, stand still und lauschte, rief: Ja, ich komme! Ging zum Fenster, öffnete es, rief hinaus: Tragt Holz in den Keller! Bringt das Pferd in den Stall! Schickt nach dem Arzt, mein Sohn ist krank, er liegt im Sterben!

Als es dunkel geworden war, sagte sie zum Fremden: Sie müssen jetzt gehen, jetzt muß ich allein sein, nachts muß ich immer allein sein, dann sind die Türen und Fenster nicht zu öffnen, dann muß ich hier eingesperrt sein, gehen Sie jetzt, gehen Sie! Sie schob ihn hinaus durch die Tür, er hörte wie die Tür verschlossen und verriegelt wurde, und als er durch den stäubenden Schnee ging, sah er sie am Fenster stehn, mit ihrem großen blinden Gesicht.

O sonderbare Formationen, keimendes Wachsen, aus Tränen gesponnen, aus geflüsterten Worten, aus Liebkosungen. Wer ist das, den ich liebe? Ich schäle dich aus Hüllen von Bildern, wer bist du, Lea? Ich habe alle Richtungen verloren, ich suche nach deiner Stimme, deinen Augen. Dein Blick verbrennt mich und weicht mir doch immer aus, immer entfernt sich deine Stimme. Ich weiß nicht, wo du bist, aber immer bin ich auf dem Weg zu dir. Warte auf mich!

Aber je tiefer er sank, desto höher stieg sie, während er nach ihr rief, warf sie ihm das Vergangene vor, das von Anfang an totgeborene Vergangene, zeigte ihm immer wieder, wie er gewesen war, malte ihm seine alte monströse Welt in ätzenden Farben hin. Warum bist du denn hiergeblieben, warum hast du hier bei mir gelebt? Nur weil du mich haßtest, weil du dich an mir rächen wolltest? Sieh mich! Hast du mich jemals gesehn? Ich krieche hervor aus der alten Welt, die zerborsten ist!

Aber ihre Augen kannten ihn nicht. Diese großen reinen Steine, gefüllt vom Licht fremder Regionen. Bösartigkeit, Neid beschmutzte seine Erniedrigung, er wollte ihre Flügel schneiden, sie in seinen Morast ziehn, sie zerstören, sie aufgelöst, hilflos sehn, wollte sie zertreten. Wie können wir von der Gebundenheit loskommen – nur durch neue Bindungen! – Wie hast du loskommen können, du, die du jetzt meine Nichtigkeit siehst und diese verhöhnst – du bist losgekommen, weil du den andern gefunden hast.

Nein, die Stärke, die habe ich in mir selbst gefunden! Auch den andern werde ich verlassen! Ich weiß nichts von dem andern, auf der Straße würde ich an ihm vorbeigehn, ohne ihn zu erkennen, er ist nur eine Kraft, mit der ich mich konfrontiere. Ich brauch' dich nicht mehr!

Vor ihrer Grausamkeit und ihrem Triumphieren, vor der Schonungslosigkeit in ihrem Kampf, um Unabhängigkeit zu erreichen, wurde sein Bankrott total, nichts mehr gab es, was ihm Halt bot, er trieb in einem Meer ohne Küsten.

Der narbige Arm aus Stein lag über ihrem Hals. Die Küchenuhr tickte. Sie wurde von der plötzlichen Stille geweckt. Jetzt hörte sie den alten Mann röcheln, nach Atem ringen. Er lag mit ihr vereinigt, hatte sie genommen, während sie schlief. Sein Gesicht war starr und merkwürdig dunkel in den weißen Laken, seine Augen quollen hervor und die geschwollene Zunge bewegte sich hin und her zwischen den sabbernden Lippen. Sie befreite sich aus seinem Griff, und er sank zurück mit einem erschreckenden Atemzug, lag dann unbeweglich, als sie das Ohr auf seine Brust legte, konnte sie sein Herz nicht schlagen hören. Sie saß neben ihm, bis sie merkte, wie sein Körper zu Eis wurde, das Zimmer füllte sich langsam mit dem Licht des Tages, und die ersten Sonnenstrahlen blinkten in der leergetrunkenen Flasche auf dem Tisch. Sie ging zum Fenster und öffnete es, lehnte sich der Sonne entgegen, atmete die kalte reine Luft ein. Der Platz war leer, die Spuren der Füße im Schnee strebten nach allen Seiten auseinander, als wäre eine Volksmasse in wilder Panik geflüchtet. Die Welt war ausgestorben, sie war die einzige Überlebende.

Sie fühlte, wie gebrechlich die Kraft war, die sie gewonnen zu haben glaubte. Es war die Furcht, die ihre Angriffe so gewalttätig machte, wenn die Ermüdung kam, gab es nur noch ihre Unsicherheit und Verlorenheit. Immer wieder fragte sie sich, was sie tun sollte, sie grub in sich, fand aber nur Außenwerk, nichts, was tragfähig war, Sie hatte nur gelernt, die Waffen ihres Äußeren anzuwenden. Manchmal konnte der Haß gegen die, die sie unterdrückt hatten, so übermächtig werden, daß er umschlug in tödliche Betäubung. Da glaubte sie, daß es zu spät sei, daß sie sich nie mehr erheben könnte.

Aber sie setzte ihre beharrliche Arbeit im Operationssaal der Seele fort, langsam durchliefen die Bewertungen ihre Umgestaltung, mit ihm, dem Wächter, dem Obersten Priester, dem Beherrscher hinter sich, dem sie sich ausliefern wollte, von dem sie sich freikämpfen wollte.

Manchmal sah sie Gregor durch eine Glaswand, sie lächelte abwesend, wenn sie seine fruchtlosen Anstrengungen sah, den Widerstand zu brechen.

Er begann jetzt zwischen ihrem und seinem eigenen Kampf zu unterscheiden, desto schwerer war es, nur ihre Gefrorenheit, ihre vollständige Unzugänglichkeit zu finden. Er begehrte *sie* jetzt, den Funken eines freistehenden Menschen, der geboren worden war. Zwar war das Gefühl noch nicht klar und eindeutig, die alte Krankheit wütete noch in ihm, ihre Schwäche konnte ein Mittel sein, ihm eigene Sicherheit vorzuspiegeln, oder der Haß konnte aufwallen, wenn sie ihm die falsche Zärtlichkeit versagte, oder die Eifersucht konnte ihn verzehren, wenn sie von ihrer Freiheit sprach.

Es war eine Zeit der Erwartung, ein allmähliches Reifen. Oder hatte er sich nur wieder verschlossen? War die Aufgerissenheit ihm übermächtig geworden? Eines

Nachts lag er in seiner Stube, irgendwo im Innern des Hauses und spürte, wie sich auf seinem Gesicht eine Grimasse formte, er hörte sich rufen: Bist du jetzt zu einem Heiligen geworden! Dann war er wieder eingesperrt, abgesperrt vom Leben. Er wußte, er konnte nur zerstören, wenn er sich ihr jetzt näherte. Aber er mußte sie sehn, mußte sie erreichen. Er lief durch das erloschene verurteilte Haus. Und wenn er vor ihrem Bett lag, gab es nur den Abstand.
Es war Lea, vor der er sich befand. Eine andere hatte ihn einmal geboren, aber das lag weit zurück. Es war Lea, an deren Leben er rühren wollte. Aber sie war tief in ihrer eigenen Welt, sah nur den Fremden, den Eindringling, sah nur das Kranke, das sie zusammengeführt hatte, sie sah nur den Angreifer aus der Vergangenheit, und sie verteidigte sich mit ihren grausamsten Waffen. Sie wollte ihre Freiheit heraufbeschwören, sie wollte den Schatten am Bett verjagen. Wir haben nichts miteinander gemein! Morgen werde ich dich verlassen!
Aber als er ging, blieb nur Leere zurück, sie wollte ihn zurückrufen, sie wollte mit ihm ringen, ihn erniedrigen, ihre Übermacht auskosten. Aber schon stand jeder allein in seiner Nacht. Jetzt wußten sie nichts mehr voneinander.
Es gibt eine Ebene des Lebens, die ist abgeschlossen im Licht der Wirklichkeit, darunter aber gibt es keine Grenzen.

In der Bahnhofshalle, in der ihr Zug nie halten würde, lag er auf der Bank. Schlafend sah er, was ihm widerfahren war, verwandelt im Licht der Vision. Er gehörte zur Kolonne der Gefangenen, die sich mit schleppenden Schritten dem gewölbten Tor in der hohen Mauer näherten. In der Luft war die Klarheit nach dem Regen. Die Gefangenen wurden von den bewaffneten Wachmannschaften durch das Tor gestoßen, er sah, wie einige stolperten und fielen, wie die Gewehrkolben auf sie einschlugen, wie einige Widerstand leisteten und auf der Stelle erschossen wurden. Er sah die Gesichter der Sterbenden im langen niedrigen Torgang. Die Gefangenen trugen gestreifte Anzüge, er selbst aber war in ziviler Kleidung – da sah er plötzlich seine Chance, er trat nicht ins Tor ein, sondern ging die Straße hinunter, erfüllt von einer wahnsinnigen Hoffnung. Die Kommandostimmen schallten hinter ihm, er beherrschte seine Schritte, um nicht zu laufen, beherrschte sich aufs äußerste, um sich nicht umzudrehen. Eine Frau ging neben ihm, es war Lea, aber sie kannte ihn nicht. Er legte seine Hand unter ihren Arm, sie ließ es gleichgültig geschehen, aber was für sie Gleichgültigkeit war, war für ihn Rettung.

Am Gefängnistor hatte man das Fehlen eines Gefangenen bemerkt, man suchte nach ihm, aber niemand beachtete das Paar, das die Straße hinunter entschwand. während die Rufe und das Hallen der Schüsse und das Stöhnen der Verwundeten sich entfernten, ging er neben ihr tiefer hinein in die Luftigkeit der Straße, sie kamen an eine graue verlassene Mühle, und dort löste sie sich von ihm, ohne ein Wort, und verschwand in der Tür, sie trug jetzt ein Kind in ihren Armen. Unschlüssig blieb er eine Weile stehen, alles ringsum zeichnete sich in einer großen Deutlichkeit ab, er sah jeden Flecken, jeden Riß im Gemäuer, sein ganzes Leben atmete in dieser Sekunde, unter ihm lag eine Flußlandschaft, der Geruch von Erde und Wasser drang zu ihm herauf, im Gehölz sang ein Vogel. Sie war drinnen in der Mühle mit ihrem Kind, und er mußte weitergehen, jetzt hatte er vor sich einen unendlichen Abhang aus Kies, den mußte er erklettern, während die kleinen blauen Steine unter ihm zurückrollten. Er erwachte vom Knirschen des unaufhörlich zerberstenden Steinbodens, Schritte erklangen um ihn in der mächtigen Bahnhofshalle. Er lauschte noch den Verfolgern nach, niemand aber verfolgte ihn, niemand beobachtete ihn, ein jeder hatte sein eigenes Ziel.

Er begriff, was Lea für ihn bedeutete. Er war von ihr ergriffen, wie von der Idee eines Kunstwerks, sie hatte ihn überwältigt, ihn gelähmt, sie hatte zu Leben geweckt, was seine Gedanken früher in abstrakter Qual zu gestalten versuchten. Ihr Gesicht besaß die gleiche verwirrende und vernichtende Schönheit wie die Poesie, unter der faszinierenden Maske lag das Schwere und Unergründliche. Er wußte, sie war nicht seinetwegen geblieben, sie hatte ihm nichts *geben* wollen, trotzdem hatte sie, durch ihre Anwesenheit, ständig gegeben. Wenn sie einander verwundet hatten, geschah dies nur, um einen anderen Schmerz, der tiefer lag, aufzudecken.

Erst jetzt, auf dem Weg zu seinen leeren Zimmern, konnte er ihren Namen aussprechen, ohne sich selbst zu rufen.

Würde er jetzt seine Furcht und sein Alleinsein ertragen können? Würden neue Möglichkeiten erstehen?

Das Auto hatte ihr Gepäck abgeholt, sie selbst aber ging zu Fuß, mit dem Kind auf dem Arm. Sie ging den Hügel hinab, im sanft fallenden Schnee, am Teich lagen die Schwäne, in Eis gemeißelt. Die Zweige fegten an ihrem weißen Mantel vorbei, und das Kind spielte mit den glitzernden Kristallblüten, die herabwirbelten. Am Morgen hatte sich eine Kommission im Haus eingefunden und angekündigt, daß man es abreißen werde, sie sah sich nach den rauchgeschwärzten Mauern um, die bald fallen würden, und dachte an Gregor mit einer sonderbaren Empfindung von Vertrautheit. Sie wußte nicht, wohin ihre Schritte sie tragen würden, aber die kalte Blütenzeit vertrieb alle Gedanken, in ihrem glitzernden Schneemantel war sie eins mit dem Park, den die Lichtstrahlen durchflossen und in dem die Schwäne sich jetzt majestätisch erhoben und ihre weiten Flügel öffneten.

Zeittafel von Peter Weiss

1916 Geboren am 8. November in Nowawes bei Berlin.
1918–1929 In Bremen.
1929–1934 In Berlin.
1934 Mit den Eltern nach London emigriert.
1935 Erste Ausstellung von Bildern in einer Garage in London.
1936–1938 Studium an der Kunstakademie in Prag.
1939 Übersiedlung mit den Eltern nach Schweden.
1940 Erste Ausstellung in Stockholm, dann bis Anfang der fünfziger Jahre mehrere Ausstellungen in Schweden.
1946 Erstes Buch in schwedischer Sprache *Fran ö till ö,* Prosagedichte (»Von Insel zu Insel«) entstanden, 1947 erschienen.
1947 Erste Reise nach Deutschland nach dem Krieg. *De besegrade,* Prosagedichte (»Die Besiegten«) entstanden, 1958 erschienen.
1948 Das erste Stück *Der Turm* an der Experimentierbühne in Stockholm uraufgeführt.
1949 *Dokument I* erschienen.
1951 *Duellen* (»Das Duell«) entstanden, 1953 im Privatverlag erschienen, mit Federzeichnungen des Autors.
1952 Das Stück *Die Versicherung* (uraufgeführt 1971 in Essen) und *Der Schatten des Körpers des Kutschers* geschrieben.
Erste experimentelle Filmstudien. Während der fünfziger Jahre kaum noch gemalt, doch ein Dutzend experimenteller Filme und Dokumentarfilme hergestellt.
1960 Während eines Besuchs in Südfrankreich *Der große Traum des Briefträgers Cheval* entstanden (erschienen in den *Akzenten* 5/1960).
Als erste deutsche Buchveröffentlichung *Der Schatten des Körpers des Kutschers* mit sieben Collagen des Autors erschienen.
1961 *Abschied von den Eltern* erschienen.
Übersetzung von Strindbergs *Fräulein Julie* erschienen.

1962 *Fluchtpunkt* erschienen.
Rede *Gegen die Gesetze der Normalität* in Berlin gehalten.
Beginn mit der Arbeit am *Marat/Sade.*

1963 Übersetzung von Strindbergs *Traumspiel* erschienen.
Charles-Veillon-Preis für *Fluchtpunkt.*
Das Gespräch der drei Gehenden erschienen.
Nacht mit Gästen uraufgeführt.

1964 *Marat/Sade* in Berlin uraufgeführt.

1965 *Die Ermittlung* in Berlin uraufgeführt.
Lessing-Preis der Stadt Hamburg. Literaturpreis der Schwedischen Arbeiterbewegung.

1966 Heinrich-Mann-Preis der Deutschen Akademie der Künste.

1967 *Gesang vom Lusitanischen Popanz* in Stockholm uraufgeführt.

1968 *Notizen zum kulturellen Leben der Demokratischen Republik Viet Nam* erschienen.
Rapporte erschienen.
Wie dem Herrn Mockinpott das Leiden ausgetrieben wird (geschrieben 1963–1968) uraufgeführt.
Viet Nam-Diskurs (geschrieben 1966–1967) in Frankfurt uraufgeführt.
Dramen in zwei Bänden erschienen.

1969 *Trotzki im Exil* in Düsseldorf uraufgeführt.

1971 *Rapporte 2* erschienen.
Hölderlin in Stuttgart uraufgeführt.

1975–1981 *Die Ästhetik des Widerstands* erschienen.

1981 *Notizbücher 1971–1980* erschienen.

1982 Gestorben am 10. Mai in Stockholm.

Peter Weiss
im Suhrkamp Verlag und im Insel Verlag

Abschied von den Eltern. Erzählung. Mit 8 Collagen von Peter Weiss. BS 700 und st 85

Die Ästhetik des Widerstands. Roman. Erster Band. Leinen

Die Ästhetik des Widerstands. Roman. Zweiter Band. Leinen und kartoniert

Die Ästhetik des Widerstands. Roman. Dritter Band. Leinen und kartoniert

Die Ästhetik des Widerstands. Roman. es 1501

Avantgarde-Film. Aus dem Schwedischen von Beat Mazenauer. es 1444

Die Besiegten. Aus dem Schwedischen von Beat Mazenauer. Mit einem Nachwort von Gunilla Palmstierna-Weiss. es 1324

Das Duell. Aus dem Schwedischen von J. C. Görsch in Zusammenarbeit mit dem Autor. Mit 10 Federzeichnungen von Peter Weiss. st 41

Die Ermittlung. Oratorium in 11 Gesängen. es 616

Fluchtpunkt. Roman. Mit vier Collagen von Peter Weiss. BS 797

Fluchtpunkt. Roman. es 125

Das Gespräch der drei Gehenden. es 7

»In Gegensätzen denken«. Ein Lesebuch. Herausgegeben von Rainer Gerlach und Matthias Richter. Kartoniert und st 1582

Der neue Prozeß. Stück in drei Akten. es 1215

Notizbücher 1960-1971. 2 Bde. es 1135

Notizbücher 1971-1980. 2 Bde. es 1067

Rapporte. es 276

Rapporte 2. es 444

Der Schatten des Körpers des Kutschers. BS 585 und es 53

Stücke I. Der Turm. Die Versicherung. Nacht mit Gästen. Mockinpott. Marat/Sade. Die Ermittlung. es 833

Stücke II. 2 Bde. Gesang vom Lusitanischen Popanz. Viet Nam Diskurs. Hölderlin. Trotzki im Exil. Der Prozeß. es 910

Die Verfolgung und Ermordung Jean Paul Marats, dargestellt durch die Schauspielgruppe des Hospizes zu Charenton unter Anleitung des Herrn de Sade. Drama in zwei Akten. es 68

Der Fremde. Erzählung. es 1007

Buchkunst, Übersetzungen

Hermann Hesse: Kindheit des Zauberers. Ein autobiographisches Märchen. Handgeschrieben, illustriert und mit einer Nachbemerkung versehen von Peter Weiss. it 67

41/1/4.91

Peter Weiss
im Suhrkamp Verlag und im Insel Verlag

Hermann Hesse: Der verbannte Ehemann oder Anton Schievelbeyn's ohnfreywillige Reisse nacher Ost-Indien. Handgeschrieben und illustriert von Peter Weiss. Mit einem erstmals veröffentlichten Opernlibretto von Hermann Hesse. it 260

August Strindberg: Drei Stücke in der Übertragung von Peter Weiss. Der Vater. Fräulein Julie. Ein Traumspiel. Leinen

August Strindberg: Fräulein Julie. Ein naturalistisches Trauerspiel. Deutsche Übertragung und Nachwort von Peter Weiss. BS 513

Zu Peter Weiss

Peter Weiss im Gespräch. Herausgegeben von Rainer Gerlach und Matthias Richter. es 1303

Peter Weiss. Herausgegeben von Rainer Gerlach. stm. st 2036

Peter Weiss' ›Die Ästhetik des Widerstands‹. Herausgegeben von Alexander Stephan. stm. st 2032

Materialien zu Peter Weiss' ›Marat/Sade‹. Zusammengestellt von Karlheinz Braun. es 232

41/2/4.91

suhrkamp taschenbücher
Eine Auswahl

Abish: Wie deutsch ist es. st 1135
Achternbusch: Die Alexanderschlacht. st 1232
– Die Atlantikschwimmer. st 1233
– Das Haus am Nil. st 1394
– Wind. st 1395
Adorno: Erziehung zur Mündigkeit. st 11
Aitmatow: Dshamilja. st 1579
– Der weiße Dampfer. st 51
Alain: Die Pflicht, glücklich zu sein. st 859
Allende: Das Geisterhaus. st 1676
– Von Liebe und Schatten. st 1735
Anders: Erzählungen. st 432
Arendt: Die verborgene Tradition. st 303
The Best of H. C. Artmann. st 275
Augustin: Eastend. st 1176
Ba Jin: Die Familie. st 1147
Bachmann: Malina. st 641
Bahlow: Deutsches Namenlexikon. st 65
Ball: Hermann Hesse. st 385
Ball-Hennings: Briefe an Hermann Hesse. st 1142
Ballard: Billennium. PhB 96. st 896
– Die Dürre. PhB 116. st 975
– Hallo Amerika! PhB 95. st 895
– Der tote Astronaut. PhB 107. st 940
Barnet: Das Lied der Rahel. st 966
Barthelme: Moondeluxe. st 1503
Barthes: Fragmente einer Sprache der Liebe. st 1586
Baur: Überleben. st 1098
Becker, Jürgen: Gedichte. st 690
Becker, Jurek: Aller Welt Freund. st 1151
– Bronsteins Kinder. st 1517
– Jakob der Lügner. st 774
– Schlaflose Tage. st 626
Beckett: Der Ausgestoßene. L'Expulsé. The Expelled. st 1006
– Endspiel. st 171
– Glückliche Tage. st 248
– Malone stirbt. st 407
– Mercier und Camier. st 943
– Molloy. st 229
– Warten auf Godot. st 1
– Watt. st 46
Behrens: Die weiße Frau. st 655
Beig: Hermine. st 1303
– Hochzeitslose. st 1163
– Rabenkrächzen. st 911
Benjamin: Angelus Novus. st 1512
Deutsche Menschen. Eine Folge von Briefen. st 970
– Illuminationen. st 345
Benjamin / Scholem: Briefwechsel 1933-1940. st 1211
Berkéwicz: Adam. st 1664
– Josef stirbt. st 1125
Bernhard: Alte Meister. st 1553
– Amras. st 1506
– Beton. st 1488
– Die Billigesser. st 1489
– Holzfällen. st 1523
– Ja. st 1507
– Korrektur. st 1533
– Der Stimmenimitator. st 1473
– Stücke 1. st 1524
– Stücke 2. st 1534
– Stücke 3. st 1544

265/1/8.90

suhrkamp taschenbücher
Eine Auswahl

Bernhard: Stücke 4. st 1554
– Ungenach. st 1543
– Der Untergeher. st 1497
– Verstörung. st 1480
– Watten. st 1498
Bioy Casares: Morels Erfindung. PhB 106. st 939
– Der Traum der Helden. st 1185
Blackwood: Die gefiederte Seele. PhB 229. st 1620
– Der Tanz in den Tod. PhB 83. st 848
Blatter: Kein schöner Land. st 1250
– Die Schneefalle. st 1170
– Wassermann. st 1597
Bohrer: Ein bißchen Lust am Untergang. st 745
Brasch: Der schöne 27. September. st 903
Braun, V.: Gedichte. st 499
– Hinze-Kunze-Roman. st 1538
Bertolt Brechts Dreigroschenbuch. st 87
Brecht: Gedichte. st 251
– Gedichte für Städtebewohner. st 640
– Gedichte über d. Liebe. st 1001
– Geschichten vom Herrn Keuner. st 16
Brecht-Liederbuch. st 1216
Brentano, B.: Berliner Novellen. st 568
Broch: Die Verzauberung. st 350
– Die Schuldlosen. st 209
– Massenwahntheorie. st 502
Brod: Der Prager Kreis. st 547
Buch: Die Hochzeit von Port-au-Prince. st 1260
– Karibische Kaltluft. st 1140
Cabrera Infante: Drei traurige Tiger. st 1714
Cain: Serenade in Mexiko. st 1164
Campbell: Der Heros in tausend Gestalten. st 424
Carossa: Der Arzt Gion. st 821
– Ungleiche Welten. st 521
Carpentier: Explosion in der Kathedrale. st 370
– Die Harfe und der Schatten. st 1024
Carroll: Schlaf in den Flammen. PhB 252. st 1742
Celan: Gesammelte Werke in fünf Bänden. st 1331/1332
Christo: Der Reichstag. st 960
Cioran: Syllogismen der Bitterkeit. st 607
Clarín: Die Präsidentin. st 1390
Cortázar: Alle lieben Glenda. st 1576
– Bestiarium. st 543
– Rayuela. st 1462
Dorst: Merlin oder Das wüste Land. st 1076
Duerr: Sedna oder die Liebe zum Leben. st 1710
Duras: Heiße Küste. st 1581
– Hiroshima mon amour. st 112
– Der Lastwagen. st 1349
– Der Liebhaber. st 1629
– Ein ruhiges Leben. st 1210
Eich: Fünfzehn Hörspiele. st 120
Eliade: Bei den Zigeunerinnen. st 615
– Kosmos und Geschichte. st 1273
– Yoga. st 1127
Eliot: Werke. 4 Bde.

265/2/8.90

suhrkamp taschenbücher
Eine Auswahl

265/3/8.90

suhrkamp taschenbücher
Eine Auswahl

265/4/8.90

suhrkamp taschenbücher
Eine Auswahl

Innerhofer: Die großen Wörter. st 563
– Schöne Tage. st 349
Inoue: Die Eiswand. st 551
– Der Stierkampf. st 944
Janker: Zwischen zwei Feuern. st 1251
Johnson: Berliner Sachen. st 249
– Das dritte Buch über Achim. st 169
– Ingrid Babendererde. st 1387
– Karsch und andere Prosa. st 1753
– Mutmassungen über Jakob. st 147
– Eine Reise nach Klagenfurt. st 235
Jonas: Materie, Geist und Schöpfung. st 1580
– Das Prinzip Verantwortung. st 1085
Joyce: Anna Livia Plurabelle. st 751
T. S. Eliots Joyce-Lesebuch. st 1398
Kaminski: Herzflattern. st 1080
– Nächstes Jahr in Jerusalem. st 1519
Kaschnitz: Jennifers Träume. st 1022
– Kein Zauberspruch. st 1310
– Liebesgeschichten. st 1292
Kirchhoff: Mexikanische Novelle. st 1367
– Ohne Eifer, ohne Zorn. st 1301
Koch: Der Prozeß Jesu. st 1362
– See-Leben. st 783
Koeppen: Gesammelte Werke in 6 Bänden. st 1774
– Amerikafahrt. st 802
– Angst. st 1459
– Die elenden Skribenten. st 1008
– Die Mauer schwankt. st 1249
– Tauben im Gras. st 601
– Der Tod in Rom. st 241
– Das Treibhaus. st 78
Kolleritsch: Gedichte. st 1590
Konrád: Der Besucher. st 492
– Der Komplize. st 1220
Kracauer: Die Angestellten. st 13
– Kino. st 126
– Das Ornament der Masse. st 371
Kraus: Aphorismen. st 1318
– Die letz ten Tage der Menschheit. st 1320
– Die Sprache. st 1317
– Die chinesische Mauer. st 1312
– Literatur und Lüge. st 1313
– Sittlichkeit und Kriminalität. st 1311
– Weltgericht I / Weltgericht II. st 1315/1316
Karl-Kraus-Lesebuch. st 1435
Kroetz: Der Mondscheinknecht. st 1039
– Der Mondscheinknecht. Fortsetzung. st 1241
– Stücke I-IV. st 1677-1680
Kühn: Der Himalaya im Wintergarten. st 1026
– Die Kammer des schwarzen Lichts. st 1475
– Und der Sultan von Oman. st 758
Kundera: Das Buch vom Lachen und vom Vergessen. st 868
Laederach: Laederachs 69 Arten den Blues zu spielen. st 1446

265/5/8.90

suhrkamp taschenbücher
Eine Auswahl

Laederach: Nach Einfall der Dämmerung. st 814
– Sigmund oder Der Herr der Seelen tötet seine. st 1235
Lao She: Die Stadt der Katzen. PhB 151. st 1154
Least Heat Moon: Blue Highways. st 1621
Lem: Also sprach GOLEM. PhB 175. st 1266
– Die Astronauten. PhB 16. st 441
– Frieden auf Erden. PhB 220. st 1574
– Der futurologische Kongreß. PhB 29. st 534
– Das Katastrophenprinzip. PhB 125. st 999
– Lokaltermin. PhB 200. st 1455
– Robotermärchen. PhB 85. st 856
– Sterntagebücher. PhB 20. st 459
– Waffensystem des 21. Jahrhunderts. PhB 124. st 998
Lenz, H.: Die Augen eines Dieners. st 348
– Ein Fremdling. st 1491
– Der Kutscher und der Wappenmaler. st 934
– Neue Zeit. st 505
– Der Tintenfisch in der Garage. st 620
– Der Wanderer. st 1492
Leutenegger: Gouverneur. st 1341
– Ninive. st 685
Lezama Lima: Paradiso. st 1005
Lovecraft: Azathoth. PhB 230. st 1627
– Berge des Wahnsinns. PhB 258. st 1780
– Der Fall Charles Dexter Ward. PhB 260. st 1782
– Stadt ohne Namen. PhB 52. st 694
Majakowski: Her mit dem schönen Leben. st 766
Mayer: Außenseiter. st 736
– Ein Deutscher auf Widerruf. Bd. 1. st 1500
– Ein Deutscher auf Widerruf. Bd. 2. st 1501
– Georg Büchner und seine Zeit. st 58
– Thomas Mann. st 1047
Mayröcker: Die Abschiede. st 1408
– Ausgewählte Gedichte. st 1302
Meier, G.: Toteninsel. st 867
Meyer, E.Y.: In Trubschachen. st 501
– Ein Reisender in Sachen Umsturz. st 927
– Die Rückfahrt. st 578
Miller: Am Anfang war Erziehung. st 951
– Bilder einer Kindheit. st 1158
– Das Drama des begabten Kindes. st 950
– Du sollst nicht merken. st 952
Miłosz: Verführtes Denken. st 278
Mitscherlich: Ein Leben für die Psychoanalyse. st 1010
– Massenpsychologie ohne Ressentiment. st 76
– Thesen zur Stadt der Zukunft. st 10
Morshäuser: Die Berliner Simulation. st 1293

265/6/8.90

265/7/8.90

suhrkamp taschenbücher
Eine Auswahl

Sanzara: Die glückliche Hand. st 1184
– Das verlorene Kind. st 910
Schimmang: Das Ende der Berührbarkeit. st 739
– Der schöne Vogel Phönix. st 527
Schivelbusch: Intellektuellendämmerung. st 1121
Schneider, R.: Philipp der Zweite. st 1412
– Dem lebendigen Geist. st 1419
Semprun: Die große Reise. st 744
– Was für ein schöner Sonntag. st 972
– Yves Montand: Das Leben geht weiter. st 1279
– Der zweite Tod des Ramón Mercader. st 564
Shaw: Der Aufstand gegen die Ehe. st 328
– Mensch und Übermensch. st 987
Sloterdijk: Der Zauberbaum. st 1445
Soriano: Das Autogramm. st 1252
Steiner, J.: Auf dem Berge Sinai sitzt der Schneider Kikrikri. st 1572
– Ein Messer für den ehrlichen Finder. st 583
– Das Netz zerreißen. st 1162
Sternberger: Drei Wurzeln der Politik. st 1032
– Herrschaft und Vereinbarung. st 1289
– Die Politik und der Friede. st 1237
Stierlin: Delegation und Familie. st 831
– Eltern und Kinder. st 618
– Das Tun des Einen ist das Tun des Anderen. st 313
Struck: Lieben. st 567
– Die Mutter. st 489
Strugatzki / Strugatzki: Der ferne Regenbogen. PhB 111. st 956
– Die häßlichen Schwäne. PhB 177. st 1275
– Eine Milliarde Jahre vor dem Weltuntergang. PhB 186. st 1338
Tendrjakow: Die Abrechnung. st 965
– Frühlingsspiel. st 1364
Unseld: Der Autor und sein Verleger. st 1204
– Begegnungen mit Hermann Hesse. st 218
– Peter Suhrkamp. st 260
Vargas Llosa: Gespräch in der Kathedrale. st 1015
– Der Hauptmann und sein Frauenbataillon. st 959
– Der Krieg am Ende der Welt. st 1343
– Tante Julia und der Kunstschreiber. st 1520
Wachenfeld: Camparirot. st 1608
Walser, M.: Die Anselm Kristlein Trilogie. st 684
– Brandung. st 1374
– Dorle und Wolf. st 1700
– Ehen in Philippsburg. st 1209
– Ein fliehendes Pferd. st 600
– Halbzeit. st 94
– Jenseits der Liebe. st 525
– Liebeserklärungen. st 1259

265/8/8.90

suhrkamp taschenbücher
Eine Auswahl

Walser, M.: Die Ohrfeige. st 1457
– Das Schwanenhaus. st 800
– Seelenarbeit. st 901
Walser, R.: Der Räuber. st 1112
– Der Spaziergang. st 1105
– Fritz Kochers Aufsätze. st 1101
– Geschwister Tanner. st 1109
– Jakob von Gunten. st 1111
– Seeland. st 1107
– Wenn Schwache sich für stark halten. st 1117
Watts: Der Lauf des Wassers. st 878
– Vom Geist des Zen. st 1288
Weber-Kellermann: Die deutsche Familie. st 185
Weiß, E.: Franziska. st 785
– Der Aristokrat. st 792
– Georg Letham. st 793
– Der Augenzeuge. st 797
Weiss, P.: Das Duell. st 41
– In Gegensätzen denken. st 1582
Wilhelm: Die Wandlung. st 1146
Wilson: Brüchiges Eis. st 1336
Winkler: Das wilde Kärnten. 3 Bde. st 1042-1044
Zeemann: Einübung in Katastrophen. st 565
– Das heimliche Fest. st 1285
Zweig: Brasilien. st 984

265/9/8.90